大人の流儀6

a genuine way of life by Ijuin Shizuka

不運と思うな。

伊集院 静

講談社

不運と思うな。　大人の流儀6

不運と思うな。

今でも、時折、思い出す光景がある。

あの日、二〇一一年三月十一日の夜、私たち家族は夕暮れから夜にかけて続いた大きな余震に、このままでは家が崩壊すると、何度も皆が庭に出た。激しい揺れと、不気味な地鳴りに似た音を聞きながら、余震が去るのを待った。やがて余震がおさまった。奇妙な音に空を見上げた。満天の星の中をいくつもの流星が横切った。落ちるように見えるものもあれば、上昇するように見える星もあった。

――天に行くのか……。

思わずそう感じたのは、手動式のラジオで、我が家からそれほど遠くないところの海岸におそるべき数の人影が横たわっていると聞いて驚愕《きょうがく》していたからである。

「こんなに美しい夜空なのに、どうして？」

家人の声に、私は怒りがこみあげてきた。

――私たちが何をしたというのだ。この大地は誰のものなのか。


先日、被災地を家族と見て回った。

震災直後は、船が、家屋が、こんな奥までと驚いた。三年前は、瓦礫《がれき》が、泥土が、見上げる塔のようにあった。

今は宮城県南三陸町では、いくつもの台形の土地の中に、最期まで避難放送をしていた若い娘さんがいた防災対策庁舎の鉄の骨組みだけが残り、その隙間から早春の青空が見えた。その青色は美しく澄んだ春の色だった。

北上川沿いへ行くと、石巻市のいくつかあったはずの町並みも平らな土地になり、小学校の壊れたままの校舎とそれを見守るように天使の像と慰霊碑《いれいひ》があった。子供たちと先生が聞いていたであろう北上川のせせらぎの音を風が運ぶ。沈黙と、祈るしかすべがない。小学校跡には音楽教室の窓にも入っていたであろう川音だけが流れていた。日和山から見下ろした町にはまだ家も人影もなかった。

　声を出す間もなく津波にのまれて行った人々の想《おも》いは、今どこにあるのか。沈黙の土地のむこうに青い海原が太平洋にひろがり、沖へむかって漁船が進む。海はもう戻って来たのか。そんなはずはない。まだ多くの犠牲者が眠っている。それでも人々はゆたかな海を信じて営みをはじめている。

――太古よりゆたかな海流と奥羽山脈の恵みを与えられてきた。この春の海の美しい色彩は何なのだろうか。

　声に振りむくと、神社の階段を高校生が駆け上がる。白い歯が見える。希望を見つめる肉体がはずむ。福島では新生の学校が生まれたと聞いた。岩手では木を植えはじめた人々がいるという。鉄道レールを舗装した道を走るバスも見た。川岸に打たれた鉄の岸辺も見た。高台の家屋も、建築中の集合住宅も見た。仮設の商店街の賑《にぎ》わいにもふれた。

　なのに政治家が、テレビのキャスターが平然と語る〝復興〟と言う言葉が、計画が、絵空事に思えるのはなぜだろうか。政治を信じていないわけではない。被災した人々と同じ人間がなすことなのだから。歴史上、未曾有の国の予算が注がれたのになぜなのだろうか。

製紙工場から真っ白な煙が空に昇る。働く何人ものたくましい人々の顔を想像する。歩みがすでにはじまっているのはたしかなのである。

夕暮れになり、一番星が北の空にかがやいた。まだ帰らぬ人を待つ、家族を想う何万人の人たちが、今夕、星を仰いでいるのだろう。

五年目の春が過ぎ、夏にむかおうとしている。天上へ行った人々。海の底に、土の下に眠る人々。哀《かな》しみだけを想うのをやめなくてはならない。どんなに短い一生でも、そこには四季があったはずだという言葉がある。笑っていた日を想うことが、人間の死への尊厳ではないか。

その人たちがただ不運であったと思うのは、その人の生も、今を生きる私たちの生をも否定することになる。太古より宿命とも思えるこの国の天災を、人々は乗り越え、祭りの歌声、子供たちの笑顔をゆたかな自然とともに築いてきたのだ。

美しいものとむごいものが隣り合わせているのが私たちの生命としたら、決して不運などとは考えずに今日から美しいものを信じて、自分の足で歩き続けよう。

二〇一六年七月

仙台の自宅にて

伊集院静

不運と思うな。大人の流儀6［目次］
a genuine way of life by Ijuin Shizuka contents

第一章
不運な人生などない

第二章
切ない時間がすぎて

帯写真◉宮本敏明
挿絵◉福山小夜
装丁◉竹内雄二

第一章

不運な人生などない

哀しい理由

「こんな時に、こういう話をしては何だが……」

M先生は弟の葬儀が終った夜に、そう切り出して話しはじめた。

ちいさな港町の片隅にある居酒屋だった。

その日、葬儀を手伝ってくれた友人、後輩たちが居酒屋を引き揚げ、私と先生の二人っきりになった時だった。

「今の君は悲しくてたまらないだろうし、マサキ君（弟の名前）がこんなふうになったことを悔む気持ちで一杯だろう。それは私もくやしい。ご両親も、家族の人は皆同じ気持ちだろう。ただこのことは覚えておいて欲しい。君と同じ立場の人が世の中には何人もいて、その哀しみを乗り越えて生きてることを忘れないで欲しいんだ。途方に暮れたり、哀しみに甘え

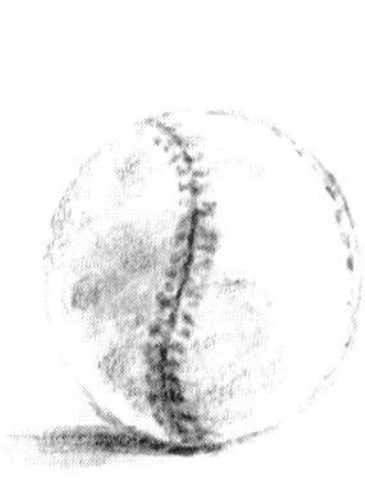

てはいけない。憤ってはいけない。マサキ君が不運だとも思ってはいけない。不運な人生などどこにもないんだ。十七年間、彼は立派に生きたんだ。夢も希望もあっただろう。君だけがそれを知っているのだから、君がそれを忘れず、引き継いで生きるんだ。今の辛さから逃げることなくきちんと今日からやって下さい」

先生はそう言ってグラスを掲げ、白い歯を見せてニヤリと笑い、酒を飲み干した。

居酒屋を出て一人生家にむかって歩きながら、私は声を上げた。

「俺は哀しみに、甘えてなんぞいない。どういうことだよ」

歩き出すと海風が火照った頬に当たった。いつもなら海を見るのだが、弟を呑み込んだ海を見れば自分が怒り出すのはわかっていた。

――冷たい海でさぞ辛かっただろう……。

その思いがさきだち、救ってやれなかったことへの悔みと憤りが、昨夜から何度となく押し寄せた。

憤ってはいけない。

不運だと思ってはいけない。

不運な人生などどこにもないんだ。

私は二十歳で、先生の言葉には、わかるものとわからないものがあった。

その先生が、葬儀の日の夜、家に泥酔して帰られた話を聞いたのは、先生を偲ぶ会の席でK子夫人からだった。

「イクオ（先生の名前）もくやしくてしかたなかったんでしょうね」

そう聞かされた時、先生も若かったし、あの言葉は先生自身におっしゃった言葉だったのかもしれないと思った。


ゴールデンウィークに仙台に帰り、二日目の夜は、深夜一人で先生に献杯した。

先生の命日だった。

先生は私にも、妹にも、弟にも何かと目をかけて下さった。

私は先生から多くのことを教えていただいた。

先生の通夜、葬儀は雨であったという。私は仕事で外国にいた。ひっきりなしに訪れる教え子たちで通夜は長い時間続いたと聞いた。

今、考えると、先生は長い教師生活で、私と同じ立場の生徒を何人も見て、彼等、彼女たちとともに悔しみを分けられたのではと思う。それに今頃、私は気付いてしまう。

熊本で大きな地震があり、多勢の人が亡くなった。おそらく哀しみを抱く生徒を励ます教師は熊本にも何人もいるはずだ。

私の仕事場に一個の硬式ボールがある。

かつての白球は色褪せているが、そこに〝自己実現〟と記してある。私が上京の挨拶に、M先生の下宿を訪ねた時、先生が書いて渡して下さった。

都会の中で、独り、自分の不甲斐なさや、感情を抑えられずに諍《いさか》いを起こした後、私はそのボールを見つめた。

「今はわからないでしょうが、人には苦しい、辛い時が必ずあります。そこから逃げずに歩き続けなさい。苦しい、辛い時間はのちに君に何かを与えてくれているものです」

そんなことが本当にあるのかと思った。辛い、くやしい、みじめだ……、そんなことばかりじゃないか。

それでも私はどこかで先生を信じていた。

薫風が吹いて来るたびに、先生の笑顔を思い出す。ほろ酔いで上機嫌になり、カントの話をする先生の横顔と愛嬌のある目が浮かんで来る。

夜中に、二人でキャッチボールをした。

先生のボールを受けるたびに、私は先生の希望を受けとめていたのかもしれない。
先生、お元気ですか。
お酒は飲んでいますか。

あなただけじゃない

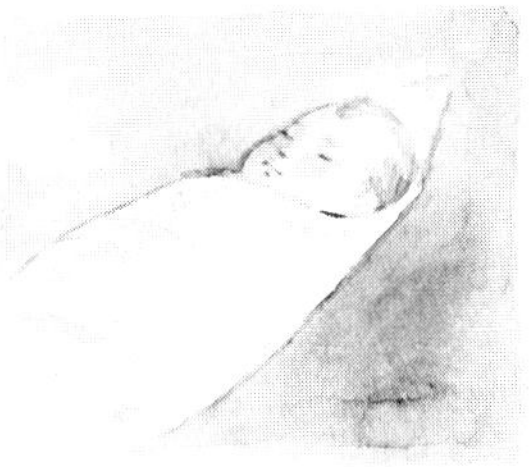

人は寿命で亡くなるそうである。

断定しないのは、まだ少しそう言い切れないものが、私の胸の隅にあるからだろう。

「ねぇ、伊集院さん。人間は病気や、災害や、事故で死ぬんじゃなくて、寿命で亡くなるのよね。そうでしょう？」

東京で母代りをしてくれて、日本でも一、二のプロダクションの副社長のMさんが言った時、何の話をしはじめたのか、と思った。

信心の篤い人だから、どこかで僧侶の話を聞いたのだろうか、と顔を見直すと、

「私、そんなこと少女の時から知ってたわ」

と言われ、そういう考えもあるのか、と思った。

その頃、〝死別〟をテーマにした小説を書いていたので、翌日、その言葉を反復した。数ヵ月、半年経つうちに、どうやらMさんの考えに理があると思えるようになった。

私は、弟、前妻以外にも多くの友を半生の中で亡くした。年齢の割には多過ぎて、私の方に問題があるのではと考えた時期もあった。

そしてずっと若くして死んだ人を、不運だったと、私は思っていた。

不運だった、と考える理由は、彼、彼女、友人が明るく笑って生きていた時間をよく覚えており、弟にも前妻にも夢や希望があり、そうなるといいネ、と応えたこともあった。それゆえに死の瞬間から、目をかがやかせて語っていたことが無になり、あとかたもなくなったことに、さぞ無念であったろう、と考えたからだ。死なせた方は（近しい人はそう思うことが多い）自分のことより、無念であった人への思いばかりが何かにつけ浮かぶ。

奇妙なもので、近しい人を亡くすと、世の中に、これほどの数の同じ思いをした人がいたことを知ることになる。家族の誰かしらに不幸があるのが世の中の常なのである。

人の死を寿命ととらえはじめたのは阪神大震災、東北大震災を見たことも大きい。どんなに短い生涯であれ、この世に誕生したことには喜びがあったはずだ。自分が見知っていた人にはたしかにそれはあった。そのことで彼等を、ただ不運だ、と考えては、彼等の生きた時間と姿勢に対して失礼だと思いはじめた。ましてや残った自分が不運と思うことはもっと失礼で、死んだ人がどこかで、不運だとうなだれている近しい人の姿を見たら、切なくなるだろうと思った。

人は泣いてばかりで生きられない。

泣いて、笑って、正確には、笑って泣いて笑う、が人の生きる姿である。

よく、こんな家に生まれちまって、とか、こんな学校にしか行かせてもらえなかった、ひどいのになると、こんな親に、と言う輩までいる。

少年の頃、差別用語でなじられ殴られて家に戻った弟が、兄ちゃん、なんでボクここの家に生まれたんじゃ、と泣いた時、それは口にしちゃいけんよ、お母やんが泣くぞ、わしら男じゃけん、兄ちゃんが明日殴り返しに行ってやるから、と言うと、そうじゃの、お母やんは御飯も食べられん家もあると言うとったもんな、と話したことがあった。まだ飢死する人、行き倒れの人がいた時代だ。十五歳を過ぎた頃には私も弟も、不運とは思わなくなったし、そんなこと考える暇なく走った。

ヤンキースの松井秀喜コーチも、守備で左手首が滅茶苦茶になった時も一度も、不運とは口にしなかった。大きな落馬事故で復帰まで時間がかかった武豊騎手の口からも、不運という言葉は一度も聞かなかった。

なぜだろうか？　それは己を不運と考えた瞬間から、生きる力が停滞するからではなかろうか。同時にその人の周囲の人たちを切なくするだけで、生きる上で大切な、誰かのために生きる姿勢が吹っ飛んでしまうからだ。

誰だって幸せになりたい。ただ自分だけが、では子供と同じだ。自分だけで精一杯が世間なのだが、その上そうしなくてはならないのが本道なら、生きるのは、そりゃ辛い。ただ誰かのために何かができてることは証明なぞできないし、その姿勢が肝心なのである。

——不運と思うな。

口にこそ出さぬが、私は自分より若い人が、辛い、苦しい、哀しい目に遭っているのを見ると胸の底でつぶやく。

——決して不運と思うなよ。もっと辛い人は世の中にゴマンといる。今、その苦しい時間が必ず君を成長させる。世間、社会、他人を見る目が広く深くなるのだ、と。

説教じみて聞こえたら勘弁して欲しい。

あの日、流れ星を見た

人生をある程度過ごすと、さまざまなものを背負うようになる。

当たり前のことなのだが、たとえば進学のために少ない支援をした若者がどうして過ごしているかが気になる。

――えっ、そんなことをされてるんですか？

いや、私は善行をすることを好まぬ。

亡くなった父に命じられて、そうすることが、二、三あった。その時はたまたま〝ギンギラギンに～〟なんて曲がヒットして金が入っていたので、そうした。今考えると、父は父で息子の生活はある程度把握していただろうから、ここの子供の面倒を見ろ、と命じたのだとわかって来た。

どう考えても、父にとって一番の心配は、バカ息子の私であったことはまぎれもない。ただその時は、どうして自分ばかりに辛い立場にさせるのかと思っていたが、ちゃんと考えていたのだと、今はわかる。それが若い頃はわからないから、人間は浅はかである。

ある程度生きると、さまざまなことを背負うと書いたが、それがいかにも重荷と言っているのではない。さらに言うと、七歳の子供でもきちんと記憶する時間、喜びがあるのが人間の生だ。背負うと記憶するは一見違うように思えるが、そうではない。良い思い出も背負う、と私は考えている。

星空の思い出がある。

我が家のお手伝いで半生を過ごしたサヨという女性に六人の子供は皆平等に世話になった。

夏の休みに我が家はなぜか忙しくなり、父も母も懸命に、その時期働いていた。

それで私と弟はサヨの生家へ行かされた。瀬戸内海沿いを電車で四駅行き、そこからバスで中国山脈へむかい、終着停車場で迎えに来ていたサヨの母親に連れられて、幼い私と弟は二時間余り山道を登った。

茹《う》でた海老のように曲がった腰でサヨの母親はどんどん山径を登って行く。最初はその姿を笑っていたが、二人とも息が切れた。

それを知ってか、老婆は言った。

「喉が渇わいたじゃろう。そこの水を飲み。美味いぞ」

と小川を指さした。

二人とも喉はカラカラだったが、小川の水など飲んだことはない。それでも身体の欲求の方が勝ち、水を掬《すく》って飲むと驚くほど冷たくて美味かった。

「美味いのう、お兄ちゃん」

弟もどんどん飲んだ。

「こりゃ、そのくらいにし。下痢をする。さあ行くぞ」

老婆は歩きはじめたが、前方にいっこうに民家は見えない。

「お兄ちゃん、どこまで行くんじゃ？」

「黙って歩け。サヨのカアちゃんじゃぞ」

「そうじゃな」

ようやく着いた家に、少し足の悪い男の人が笑って迎えてくれた。周囲は山林と少しだけの棚田があるちいさな家だ。あんなに朝早く家を出たのにすぐに夕食になり、カボチャ、ゼンマイや、野菜ばかりに白飯、私も弟も夢中で食べ、すぐに寝た。

二人が目覚めたのは、夜半で、小便に行きたいので起きた。ところが目覚めてみると、家の中にいっさい灯りがない。

「兄ちゃん、オシッコ」

「わかっちょる。起きよう」

私が立ち上がると、隣りから、小便かや、縁側を降りたら、小川があるけえ、そこにしいや、と闇の声がした。便所はないんかの？　と私が聞くと、そんなもんありゃせん、早《はよ》う行け、家の中でもらしちゃいかんぞ、と野太い声で言われた。

外の方が明るかった。それが月明りなのか、星明りなのかは思い出せないが、弟の小便が終るのを待って、自分も勢良く小便をした。

「兄ちゃん、あれ」

小便をし終えると弟が夜空を指さした。

生まれて初めて見る満天の星だった。

「兄ちゃん、やっぱりあんだけ登って来たから星も近いのう」

弟は満足そうだった。

その弟の誕生日が数日前で、亡くなって四十六年が過ぎた。

アフリカでの星空も印象的だった。

しかし今は、五年前の三月十一日の夜半の星空である。震災の折、第一報でそのことを書き、流れ星を見たと書いたが、同じようにあの夜、多勢の人が流れ星を見ていたことがわかった。実際、あの夜の流星の多さは尋常でなかったらしい。

喜びであれ、悲しみであれ、美しいものはむごいものと隣り合わせていることがある。

恋に破れて

失恋について編集部が書いてくれと言う。

——私が失恋のことを書いても、たいした役には立たないと思うが……。

「伊集院さん、失恋の経験がないんじゃないですか？」

「バカを言いなさんな。失恋の経験がない男がいたら逢ってみたいよ。そういう男は相当イヤミな輩でしょう」

「じゃあるんですか？　初恋ですか」

「私、初恋はないんですよ」

「どうしてですか？」

「すべてふられちまったんですから、恋になっとらんでしょう。初恋って言うのは、少しは

甘味なところがあってしかるべきでしょうが、私の場合、声を掛けたら、相手に笑い転げられたり、ひどい娘になると、どの顔で言ってんのよ、と本気で怒ったりされたんですから……」

「いや安心しました。私と同じだとわかって、元気が出ましたよ」

——チェッ、そんなことで元気を出されてもな……。

ところが、こんな私に、失恋した人がなぜか相談にやって来る。

「俺は、その手の話はダメだから。何の役にも立ちません」

そう話しても相手は黙ってうつむいたまま隣りで酒を飲んだりする。そうしてポツポツと失恋にいたるまでの話をはじめる。

——まあ話を聞くのは我慢しよう。話して気がまぎれるなら、話しなさい。

で、聞いていると、とんでもないことを言い出す。思わず身体が起き上がる。

「本当に、本気で死のうかと思いました」

——オイオイ、物騒なことを言い出すなよ。

見るとどうやら本気でそう思っていたらしい。

——そこまでの恋だったのか。

それがわかると羨ましくもある。

恋愛というものは、人間がなす行動の中でも、これほど不思議なものはない。

恋愛には教科書もなければ、あらかじめ準備するものもない。

男と女が出逢って（他のケース、男と男、女と女でもかまわない）、一目で相手に何かを感じ、その瞬間から、それまでと世界が違って映る。寝ても覚めても相手の横顔が、笑い顔があらわれる。恋愛ははじまる時から衝撃なのである。しあわせなのである。

ではその恋がすべて成就するかと言うと、大半は破局を迎える。

どうしてだろうか、などと考えない方がよろしい。なぜならそういうものだからだ。

破局、失恋の厄介なところは、
○どうしてこうなってしまったのだろうか。
○あんなに思っていたのに、こんな形になってしまって、やはり自分がダメな人間だからだ。もう仕事なんてできない。外にだって出たくない。
○果ては、先刻の相談にやって来た後輩ではないが、死んでしまいたい、とまで思う。
○なんて私は不運なんだ！
ともかく自分のすべてを否定し、運命さえも憎んでしまう。希望も、光もあるものか。

私の経験では、そういう時に誰が何を言ってもダメなのである。

だから私は黙って話を聞くだけにする。

出逢いのかたちはどの恋愛も似ているのに、破局のかたちには同じものはひとつだってない。聞いてみると、そんな苦い目にあったのですか。そりゃさぞ辛いだろうな、と男も、女も酷《むご》いことを平然とやってのける。

だから私は話を聞くだけ聞いて、今話してもわかるかもしれないと思うと、こう言う。

「今は苦しくて辛いだろうが、こんな目に逢った自分を悪く言わないことだ。こうなるのが自分の運命だったと思わないことだ。忘れなさい、と言っても、なかなか忘れることは簡単にはできないだろうが、いつか今のことを忘れてしまうほどの光は、君に必ずやって来る。えっ！　どうしてそうだと言えるかって？　そうなるのが、私たちの人生だからだよ。私にだって希望も、光もなく、世間というものをうとましく思ったことはあった。でも時間が過ぎて行けば、君が笑う日はやって来る。あの時の哀しい時間があったからこそ、こうして君は笑い、見つめる人、見つめてくれる人に出逢えたんだ。そのためには、どんなことがあっても、自分の運命を否定したりしないことだ。決して自分を不運だと思わないことだ。そのために明るく笑って歩くことだ。カラ元気でもいいから、微笑んで周囲を見ることだ」

さて読者はどこまでこれを信じるか。それはあなたが決めることです。

なぜ出逢ったのか

東京での仕事が長くなると、バカ犬はどうしているだろうか、と思う。

東京の常宿の部屋のデスクには、家人が撮影し、大小の額に入れた写真が置いてあるのだけど、本物のバカっ振りには、とてもじゃないが、かなうはずがない。

――今頃はもう寝てるんだろうな……。

夜半、東京で仕事をしている時に寝顔を思い出して、どんな夢を見ているのか、と思いながら、自分もそろそろ寝るか、とベッドに入る。

私が仙台の家を不在の時は、私がいつも座っているソファーに独り飛び乗って、じっとしてるらしい。以前は、家人、お手伝いさん、兄貴（犬です）と友だち（これも犬）と居間で一緒に騒いでいたが、この頃は書斎でぼんやりしているらしい。

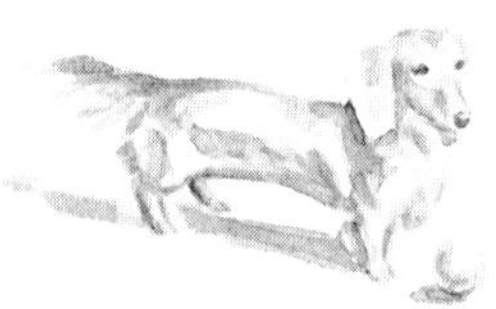

歳を取ったのだろう。

「あなたの匂いがする場所がいいのよ」

家人にそう言われれば悪い気はしないが、彼の半生以上の時間はすでに過ぎているから、なるたけ一緒に居てやりたいが、こちらも生活があるから仕方ない。

いっときひどかった腰の具合も、騒がなくなってから痛みもやわらいでいる。何《なん》にでも興味を持ち、家の中でも庭でも、走り回っていた犬が音無《おとな》しくなっている姿は、淋しくもある。

バカ犬に似ている犬を、一度も見たことがない。同種の犬たちの写真がたくさん載っている本の中にも一匹も似た犬がいない。

体毛が固く、ハリガネのように鋭い。それが雨なんかに濡れてしまうと、近所の子供に、

「なんだ、こいつショボショボじゃねぇか」

と小バカにされていた。

数人の人間以外、まったく興味がない。兄貴の方は、初対面の人に、あら！　可愛い、などと声をかけられると尾を振って喜ぶが、彼は見知らぬ人に声をかけられると家人のうしろへ行き、相手を無視するらしい。

「少しかわってるのよ、ノボは」

家人は言うが、私に言わせると、つまらぬものに興味がないのである。人間で言うところの、おべんちゃらを口にしたり、何かに阿《おもね》ることをしない気質《たち》なのである。

嗅覚と聴覚がすこぶるすぐれている。

お手伝いさんがやってくるのを、十分位前には察知して吠えはじめる。家人はお手伝いさんの車のエンジン音がわかると言うのだが、そんなことがあるのだろうか。

ともかくよく吠える。遠吠えをする時などオオカミのようである。ケージに入れられ、外に出せと吠えはじめると、夜から朝まで吠えている。

一度、体調が悪く入院させた時、病院のケージで朝まで吠え続け、看護の女性から電話があり、他の犬が眠むれないので引き取りに来て下さい、と言われた。帰って来た時はさすがに声が嗄れていた。

「おまえ、他の犬を寝かせなかったんだって、やるもんだな」

運動神経は半端ではない。近距離からボールをかなりのスピードで投げつけても、すべて一発でくわえる。

——この能力、何か役に立たんもんかナ。

考えてみたが何の役にも立たない。

私の話はよく聞く。夜中、仕事場の床に寝ているバカ犬に、オイ、と声をかけるとすぐに目を開け、何だ？　という顔で、それから話すことをじっと聞いている。

「松井秀喜と松山英樹の共通点がわかるか」

バカ犬は小首をかしげる。

「すぐに頭をひねらずに少し考えてみろ」

同じように小首をかしげる。

「ブーッ！　時間切れだ。どちらも尻《ケツ》がデカイ。バッハハ」

私が笑うと、キッチンに行こうとする。

「こんな夜中に食べるものを出すわけないだろうが、じゃ次の質問だ。我が家で一番偉いのは誰でしょうか？」

「一、亜以須《あいす》君（兄貴の名前）、二、ぐうたら作家、三、東北一のバカ犬、四、二階で寝ているオバハン」

「ワン」

――何だ、わかってるのか。

先日、伊勢神宮へ行き、バカ犬にとてもよく似ている犬を見て、追いかけたが、見失った。ひょっとして兄弟かと思ったほどだ。

「ノボは滋賀県で生まれたのよ。妹が二匹とお兄さんが三匹だって」

「本当かね。滋賀県か……」

私はこの犬はどこか夢の国から地球に舞い降りて来たのではと思っていたので、滋賀県というのに実感が湧かなかった。

静かにしている彼を見ていると、飛び跳ねていた時間がいとおしくもあり、切なくもある。人の子でも、バカな子ほど可愛い、と言う。飼い主は誰でもそうだが、出逢いに運命を感じるのは、なぜだろうか。

愚かでいいんだ

ひさしぶりにホテルの部屋の床で寝た。

狭い部屋であるが、その部屋で一番狭い、ベッドと書棚の幅五十センチしかない場所でコートを着たまま、靴も履いたまま、部屋の大きな鍵を握りしめて寝ていた（この作家、そんなに鍵が好きなのか、金庫破りじゃあるまいし）。

飲み過ぎたのである（青汁じゃありませんよ）。一年に何度か、こういう寝方をする。

六十歳をゆうに越えた人間が、二日前、書店でサイン会をし、遠方から来た人に手を握りしめられ、先生、私はどう生きればいいのでしょうか、と目をうるませて質問をされ、そりゃ、ああた、きちんと生きなくちゃ、とのたもうていた作家が、酒を飲み過ぎて、道端の溝より狭い場所で、靴を履いたまま、鍵を握って眠っている。

口の中が何やら怪しい。

どこかで吐いたか……。

起きて、汚物を片付けねば、と起き上がろうとしたが、身体が嵌《は》まって動けない。

何度か起きようとしたが上手く行かない。

――このまま一生こうして生きるのか。

手を伸ばそうとしたがコートが搦《から》んで動かない。ようやく動いて、書棚に手を掛けた。一気に上半身を起こそうとしたら、数冊の本が落ちて来た。

痛い！　頭に一冊固い本が当たった。見ると絵画集である。

ダ・ヴィンチ、この野郎！

どうやったら起き上がれるんだ？

いっそ大声を上げて、助けてくれ～と叫んだ方がいいのか。叫び続ければ部屋の係の人が、

「先生、大丈夫ですか。先生、どうしました？　先生、先生、大丈夫ですか」

「うるさい。大丈夫じゃないから助けを求めてるんだろう」

そうして合鍵で（また鍵か）部屋を開けて、どうしてこんなに狭い所に……、と呆《あ》きれ返った目で見られるくらいなら、死んだ方がましだ。

どうして起きたらいいか、目を閉じて考えた。こんな時も考えようとするから、人間というのはバカな生きものだ。

足が痛い。

——そうだ！　京都へ行こう、じゃなくて、靴を脱ごう。

昨夕、出かける前から、靴がちいさくて痛かったのだ。飲んでる時も、早く帰って靴を脱ごうと思っていたのだ。

東と西の、じゃなくて、右と左の靴を擦り合わせて脱ごうとしたが上手く行かない。

そう言えば近頃、何やっても上手く行かないなあ……。そういう問題ではなくて、起きなくてはイケナイ。

もう一度、書棚に手を掛けた。来るなら来てみろ、ミケランジェロ！

オッ、起き上がれそうだ。頭が持ち上がった。もう少しだ。アッ、ダメだ。逆上がりの練習してるんじゃないんだから。

それでも何度か同じことをくり返したら、起き上がれた。

ヤッター！　生還したぞ（オーバーだから）。

起き上がり、ベッドサイドに腰掛けて、自己嫌悪の時間を過ごす。もう何万回、自己嫌悪の時間とむき合ったただろうか。

私という人間は本当に愚かだ。バカだ。

しかし愚かで、バカじゃない人間がどこにいるというのだ。開き直ってどうするんだ。

こんなところを他人に見られなくてよかった。家族に、東北一のバカ犬に見られなくてよかった。

反省をする。反省は下をむくのが相場だ。

足先を見て考える。

――なぜまだ靴を履いてるんだ、私は。

身体の節節《ふしぶし》が痛い。拷問を受けたような感じだ。

――どうしてこんなになるまで飲んだんだ！

この質問。もう何万回して来たんだ。

頭が朦朧《もうろう》としている。何も考えられない。

こういう時にドライバーショットを打てば案外ボールは真っ直ぐ飛ぶかもしれない。

こういう時に講演をすれば、読んだこともない本の内容をすらすら話せるかもしれない。

――そうか、今日は昼から玉川大学で文学の講演をするのだ。

女子大生を見るのは四十五年振りだ（こういう発想がおかしいんだよ、伊集院君）。
どんな一日になるのやら。
とりあえず靴でも脱ぐか。

そんな顔をするな

熊本地震のテレビでのニュースを見ていて、テレビという媒体のおそろしさをあらためて感じた。

と言うのは、私は東日本大震災の時、被災地にいて、電気の停止していた一ヵ月半近く、自分たちがどう報道されていたかをまったく知らなかったからだ。

あの時、自分が今、どういう状況の中にいるのかを知る手がかりは、手動式のラジオ報道と、翌朝、一枚折りで届いた地方紙（河北新報）の新聞記事だけだった。

ラジオは、最初の三時間、大きな地震が起きて10メートル以上の（途中15メートル以上に変わるが）津波が来るので、海岸近くにいる人はすぐに避難をして下さい、とくり返すだけだった。

ラジオ放送はそれをくり返すしか他に方法がなかったのだろうが、それでも何か適切な言葉が加えられるべきではなかったかと、一年後になって考えてみたが、やはり短い言葉で状況を報《しら》せ続けるしかなかったのだろう。大地震の日の夜になると、ラジオはヘリコプターからの中継をはじめた。

「今、閖上《ゆりあげ》地区の上空から被災地の様子を見ています。建物がほとんど消えています。海岸に被災した人たちでしょうか、無数の横たわる人影のようなものが見えます」

私は無数という言葉に驚愕した（やがてこの表現はなくなり、具体的な数になる）。

余震の報道がくり返される。これによって余震の大きさがわかる。私たち家族は傷んだ家の中にいた。建物が異様な音を立てて揺れるので、その状況を見て、

「イカン、すぐに家の外に出るぞ」

と家人に告げていた。

震度6近い余震が、その夜だけで三度以上襲った。

建物の揺れる様子を見ていてわかった。

——そうか、建物を最終的に倒壊させるのは余震なのだ。

余震がくり返し来ると、人はいつしかパニックに落ち入ると思った。私は嘘でも、

「少しずつちいさくなってるぞ。ガンバレ」

と励ましていた。

皆靴を履いたまま毛布にくるまって寝た。

余震が来れば起き上がる。犬たちも吠えるし、携帯電話が鳴り響く。そのくり返しだ。

熊本の被災者がいかに大変かがよくわかる。あれだけの余震の大きさと数なら、屋根の下に居ようとする人はいない。

外で、夜を過ごすのは想像以上に辛い。女性や子供はさぞ辛かったろう。保温が出来ず、車の中で過ごして亡くなった人もいるほどだ。それにペットが加われば、彼等が震えているのがわかる。

――これが地獄かもしれない。

と熊本で何人かの人は思っただろう。

さて、テレビの報道である。

熊本地震のテレビ報道を何度か見て、私が家人に思わず話した言葉があった。

「他所《よそ》の場所で起きた地震は、所詮、他人事でしかないんだな。テレビがそう言ってるよ」

「本当に、私もそう思った。明るいスタジオで、派手な格好して、あの人たちにとって災害は見端《みば》の良いニュースでしかないのかもね」

東日本大震災での直後のニュースを一ヵ月後上京した時、まとめてビデオで見たが、大津波のことを、映画のワンシーンのような、と表現した若いアナウンサーもいた。

他人事なのである。キャスター、アナウンサー、コメンテーターだけではない。地震学者も、災害の専門家も、皆他人事なのである。それは彼等の言葉、表情を見聞していればすぐにわかる。どれほど殊勝な顔をしていても、伝わって来る。それは逆に、そういう顔をすればするほど伝わってしまう。

キャスターという仕事（彼等にとって商売でもいいが）はつくづくおそろしいものだ。

彼等は身が危険な間は決して現場に行かない。戦争をはじめた政治家が決して戦場にいないのと同じである。

これが地獄というものか、という実感は持つはずもない。ここにテレビの怖さがある。

このままならやがて日本は戦争に巻きこまれるだろう。その時ニュースはこれをどう伝えるのだろうか。

中東の戦争やテロは、所詮、他人事なのだ。体《てい》の良いニュースソースなのだ。

忌まわしい出来事をどういう言葉で、どう伝えて行くのか、同じ人間として考え直さねばならないのだろう。

イギリスの格言に〝塹壕《ざんごう》で見たものを人に語るな〟というのがある。戦場で見た真実を人に話すな、と言う。この格言には災害の報道を考える上での核がある気がする。

四十九名の犠牲者の冥福を祈り、その人たちの家族、友人、負傷された人たちに安息の日々が一刻も早く訪れるように願いたい。

いい男だった

十一月を、霜月と呼ぶ。

よくできた月称で、今朝早く起きて仙台の家の庭に出ると垣根越しの原っぱに、霜が降りていた。

昨日までの雨で枯れ草が濡れ、原っぱ全体が冷気に覆われたのだろう。

淡く白い霜はまだこころもとなさがあり、眺めていると、昇りはじめた朝陽に溶け、蒸気となってあたり一面白い煙りがひろがった。

美しいものだ……、とバカ犬と立ちつくしていると、登校する一人の少年が白い息を吐きながら、私たちの前を通りすぎるさま、おはようございます、と頭を下げ、やあ、おはようと返すと、少年は我が家のバカ犬の名前を呼んだ。犬は尾を振って応えた。

「知っているのか、おまえ。あの子を」

私が言うと、犬は少年が角に消えるまで尾を振っていた。

目を原っぱに戻すと、煙りは失せていた。

東京の常宿ではこういう朝の風景はない。

――もう今年が終る……。

この十数年、十一月になると、そう思うようになった。

十一月は、連載している小説誌や、雑誌に書く原稿に、新しい年を迎える言葉を入れることが多いせいかもしれない。

立川談志さんが亡くなって四年になる。

数日前の新聞に、評論家の矢野誠一さんが書いた談志師匠の随筆を読んだ。文中に色川武《いろかわたけ》大《ひろ》さんの名前もあり、矢野さんの端正な文章に、談志さんがいない淋しさが伝わってきた。

〝なんだか談志が遠いところに行ってしまった気がした〟とあった。まだ談志さんが生きていた折の文章である。写真もあったが、もう少し男っ振りのいい写真はなかったのかと残念だった。

談志さんには艶気《いろけ》があった。

私が感じたのではない。十年近く前の或る夜、銀座で女っ振りのいい大人の女性二人と酒を飲んでいて、何かの拍子に、

「当代のいい男なら貴方たちは誰になる？」

と尋ねると、二人が共通して答えたのが、「それは、今は談志よ。あの艶気は半端じゃないわ」と即座に言った。

――ほう、いい眼をしてるもんだ……。

「あとはたけし（北野武）」

やや間があって、

「……健さん（高倉健）は別格よ」

と笑った。

談志さんも健さんも、十一月に逝った。

どちらの方も縁があった。健さんのことはまだ易々とは書けないので、ここではよす。

談志さんとは十一月に二人で話をすることが数年続いた。

小説誌の新春号の対談である。

席はいつも神楽坂の鮨屋、S幸であった。

先に着き、座敷で待っていると、店の者の声で談志さんがあらわれたのがわかった。普段は無愛想な鮨屋の主人が、やや高い声で、師匠よくお見えに、と声が届く。一分、二分の男ではこうならない。千両が顔を出すと、場が華やぐのが世間である。迎えに出ると、

「ようイー兄《あに》い（なぜか師匠は私をこう呼んだ）、待たせちまったかな」

「今、来たとこです」

師匠が笑う。いい表情だった。千両だ。

対談では気遣って、談志さんは文学の話までしてくれる。

「早いとこ死ねないもんかね、兄い」

笑いながら首を振る。話し、語る表情、所作が良かった。

——どうすればこんな男っ振りになれるか。

談志さんを紹介してもらったのは色川武大さんである。まだ談志さんが三十歳代の頃、

「六十歳まで生きれば名人になる」

と言い切った作家である。

楽屋を訪ねる作法も教えてもらった。二人して独演会へむかうタクシーの中で色川さんがポケットからグズ（×万円を輪ゴムで止めた金）を出し、札を大きな膝の上で平たく伸ばして

祝儀袋に入れていた。懐かしいナ。

　色川さんが逝って、私がそれを継いだ。

「イー兄い。こんなもん水くせえじゃねぇか」と言って、祝儀袋を持ったまま楽屋へ挨拶に来ている連中にむかって言った。

「おまえたち、楽屋はこれが礼儀だから」

　と言い放ち、皆が笑った。

　一年に二度、私の贅沢だった。十一月の鮨屋も楽しみでしかたなかった。

　霜が消えた原っぱを見直し、

——あんないい男っ振りは……

　と言いかけて口をつぐみ、部屋に戻って横になった。

遺された人へ

夜半、仕事をしていて、足元で薄い毛布の上で鼾《いびき》を掻いていた東北一のバカ犬が、急に起き上がって吠えることがある。

このバカ犬、犬らしいことは何ひとつできないのだが、深夜、急にむくっと起きて、家の天井にむかって唸り声を上げる。

私も思わず犬の視線の方を見上げるのだが何もいない。それでも犬は真剣である。

そのことを家人に話すと言われた。

「この仔、霊感が強いのよ。時々あるの」

――気味の悪いことをどうしてこの人は平然と言うのか?

推理小説を書いていて（この頃書くんだナ）、怖いシーンを書いている時、バカ犬が急に吠

え出すと、飛び上がってしまう。

――オイオイ、やめてくれないか。

とクッキーを出し、平静な時の犬に戻ってもらうようにしている。

三月は大震災があったこともあり、なるたけ家族と居るようにしている。こんなどうしようもない、ぐうたら作家でも、家に居れば家族は安堵するらしい。

強盗とか、間抜けな泥棒なら、何人来ても皆打ちのめす自信はあるが、幽霊とか、正体のわからぬ相手は苦手この上ない。

現・家人も、前・家人も（選挙の候補者みたいで失礼な書き方だが）、金縛りに遭う女性だった。それが、酔っ払って帰って来た私が口を開け、地鳴りのような鼾を掻くと、立ちどころに解けたらしい。

もう一点、私は、これは父が教えてくれたのだが、目に見えぬものは、叱れ、怒鳴れと言われた。それを実行しただけだが、霊は失せたと言う。さらにさかのぼると、母にも、おまえさまが生まれてからおかしなものを見なくなった、と言われた。

子供の時に言われたのだから訳がわからなかった。それでも感謝されるのは悪いものではない。

では私が霊を見たか？

あれがそうならというものはいくつかあるが、たいしたことではない。

私は三十代から、半分近くの時間を一人でホテル、旅館で暮らした。今もそうだ。ホテル、旅館は口に出さぬが、訳あってそこで死んだ人は多い。そういう人の名残りを見た記憶もあるが、なにせ前後不覚に酔って帰って来た私にむかって、何をしても驚くはずがない。

「いいから出て行きなさい。人に迷惑をかけるんじゃない。わかったか。また来たらただじゃおかんぞ」

くらいは言ったのかもしれない。

私は神を否定して生きて来た。存在は、これは否定しようがない。人類は、神の存在を前提として、十字軍でも、イスラムのスペインでも、命を懸けて戦争をくり返して来た。この国においても、太平洋戦争は天皇を神とみなした人々が尊い命を犠牲にした。

現・家人は敬虔なキリスト信者である。我が家のあちこちに、ヨハネ三世、マザー・テレサの写真、言葉、聖人の御影《ごえい》がある。私はそういう尊いものを見ながら、ヨハネ君、今回の競輪ダービーは荒れ場でしょうか、とか、テレサさん、武豊騎手は勝てるでしょうか、と平然と問う。返答などしやしない。ヨハネ三世も、マザー・テレサも競輪、競馬を知らないと思う。

犬が、今夜もまた吠える。

「鳴くな。鳴けば麻雀だって3900《ザンク》が2000点になるぞ」

鎌田慧《さとし》さんの東北大震災の直後の文章に、大槌町で、避難をしなさい、と寝たきりの祖母の面倒を見ていた孫娘さんに言ったが、笑って首を横に振り、その後二度と逢うことがなかったという一節があった。

それを読んだ時、執筆した作家も切なかったろうと思った。少し前に鎌田さんがドヤ街に暮らしていたテレビを見た。

——そうか、この人のたしかな文体はここから絞り出されたのか。

北の街はこれから命日が続く。我が家の庭仕事をしてくれている女性の娘さんもそうである。娘さんを探し続けている父が、彼女の着ていた服が見つかり、またひとつ娘に近づいた気がする、と言ってちいさな服をいとおしそうに見つめていた。

娘さんを探している父親にお願いがある。

あなたが明るい顔で笑えるものを探しなさい。それが生き残った者の使命です。

「いやです。自分一人がしあわせなんて」

それはわかるが、自分一人が笑う方が辛いことなら辛いことを選ぶのも大人の男の選択ではないかと思う。

不運などということはこの世にはない。探したいのならとことん探すしかないのだろうが、私たちの生は、生きている誰かのためにあるのであって、不運などと言う、いい加減な、他人が勝手に思う状況の中で生きていることではないことをわかって欲しい。

また犬が吠えた。

第二章
切ない時間がすぎて

時がたてばわかる

このところ東京にいる時は、週末、浅草、人形町、天神下あたりをぶらつく。

一人で出かけるには下町の方が楽なのはどうしてだろう。

先日、或る人から言われた。

「あなたの小説を読むと、東京はほとんどが下町が舞台になってますね。山の手の人はダメなんですか？」

「ダメじゃないですが、山の手は絵になりません。山の手から見ると月もよそよそしい」

「そんなことはないでしょう」

——わからなきゃいいや。そうかこの人、山の手育ちか。

与謝蕪村の句に、

月天心　貧しき町を　通りけり

と言う好きな句がある。先日、浅草の柳通りのとんかつ屋を出ると、綺麗な月が中天にあった。この句が浮かんで口ずさんだ後で、おっと、浅草が貧乏じゃ失礼だな、と思った。

しかし私が学生時代、木賃宿が多くあり、そこに何度か泊った日々が、今も私の中の下町の情景のひとつにある。私も金はなかったが、その界隈で逢う人は誰も懸命に働いて、笑ったり、怒ったり、泣いたり、酔ったりしていて、人の情緒があった。

その情緒は今も変わらない。

浅草のよく行く鳥鍋屋にT幸という店があり、今は姉妹二人で切り盛りしているが、以前は、娘さんの父上が美味い料理を出してくれた。ようやくこの頃、オヤジさんまでとはいかずとも、味が近づいて来た。血なんだろう。

オヤジさんは、若い時に深川で名投手だった。私が少し野球をしていたのをどこかで知って、いつか先生と野球の話をしてみてえや、と口にしていた。そのオヤジさんが、東日本大震災のあった年の三月十日に亡くなった。それを聞いて私は姉妹に言った。

「怖い目に遭わなくて良かったね」

月を見たとんかつ屋の主人から、姉妹の母上は、野球場で、グラウンドに立つ若きエースに一目惚れし、憧れ、恋して一緒になったという話を聞いた。

「いい話だね。グラウンドのエースに一目惚れか……。まだ野球に花があったんだね」

今、野球に花がないと言うのではない。

花と言えば、今日の午後、騎手の武豊君と逢った。彼のDVDの撮影で、これが十八巻目になるという。十七巻まで買った人がいるのだから、よほどファンがいるのだろう。

騎手生活三十年を迎えるという。国内、海外を合わせると四千勝くらいしてるらしい。

「正確に覚えていないの?」

「ええ、大切なのは次のレースですから」

上手いこと言うナ。私はこういうことがさらりと言えない。私は彼に逢って多くのことを教えられた。ヤンキースにいた松井秀喜君もそうだ。時々、彼等の何でもない話を聞いていると、自分は六十年以上何をしていたんだろうと思うことがある。

小泉進次郎君に初めて逢った時も驚いた。さわやかと評判だが、そんなものではなかった。立っているだけで風が立つ、という感じがある。全盛の長嶋茂雄がそうである。

つい先日、復興大臣政務官を退任したが、この三年間で彼は毎月福島へ行くのを一度と怠《おこた》ったことがないという。それだけではない、三年間で、毎月福島と、地元横須賀へ通い、休んだ日は一日だけで、それも親友のお姉さんだかの通夜一度きりだそうだ。千日で一日ですぞ。それができる国会議員がいるのか。

今、彼は農政問題の党農林部会長を担当している。マスコミの一部は、復興と言い、農政と言い辛い役回りばかりをやらされていると言う。私はそうは思わない。彼にとって絶好のポジションだと思う。

日本の政治で農政問題を避けることはあり得ない。農政は日本という国の基幹のひとつである。そんなことは二、三十年も過ぎればすぐにわかる。国という一本の木が立つ根に農業はある。いい農業と、いい農業者を育てられるかは国の死活に関わる。

山積みの問題がある。政治がそうしたというが、物事がおかしくなるのに、どっちが悪いはない。それでも大変だ。その大変の渦中に、若い時に入った経験がなければ、人間、政治家は育たないし、日本人とは何かを見ることはできない。苦しい、切ない時間だけが、人を成長させる。ならば絶好の仕事ではないか。

ラクをして得るものは何ひとつない。

それができる人である。

ひとりで逝く

〝韋駄天のハヤ〟が亡くなった。

あっさりした死にようだった。

ハヤらしいナ、と思ったが、人が死ぬのに、苦も、楽もあるはずはないから、それなりに手順やら、思いあぐねることもあったのだろう。

数日前の週末、ハヤはいつものように銀座の店へ出て、きちんと仕事をした後、どうも塩梅が良くないというので、病院へ行くと、そのまま帰してはもらえず、週明けの火曜日に、目を閉じたという。それを聞いて、

――ハヤらしいや……。

と私は嘯《うそぶ》いたが、やるせない気持ちはおさえようがなかった。

三十年近く前、編集者に連れられて行った銀座の雑居ビルの一角に、ママが経営するバーがあり、ママを助《すけ》るようにいたのが、バーテンダーのハヤだった。

ベビーフェイスであった。キユーピー人形をやさぐれさせたような面立ちだったが、話してみると、硬派の男で、義理、人情に厚い人物だとわかった。以来ずっとハヤのこしらえる酒を飲んできた。

ドライマティーニは、最高だった。

仕事柄、酒も好きだが、それ以上にギャンブル好きだった。

競馬が主な種目で、毎週打っていた。

時折、競輪で面白そうなレースがあると、

「買い目があったら教えて下さいよ」

とカウンターの奥から小声で訊いた。

一度、立川競輪場で開催される年末のケイリングランプリの買い目を訊かれ、箸入れの紙に買い目を十通りくらい書いた。

ハヤはその買い目からさらに買い目を絞って、ちゃっかり的中させ、

「これで春までは大名遊びだ」

と喜んでいた。

そのバー、〝Tなが〟は編集者や商社勤めの客が多かった。先述したが、私も編集者に連れられて通うようになった。

静かな落着いたバーで、ここで作家の先輩とも逢った。小川国夫氏、金井美恵子さんとお姉さん……、皆本物の作家だった。宮本輝氏も顔を出すことがあったらしい。

静かと書いたが、昔の小説の編集者は酒乱が多かった。特に新宿、矢来町に本社があるS社の連中に酒乱が目立った。

酒乱は見る分には面白いが、からまれると往生する。私にからむ猛者はなかったが、それでも殴り合いになると、酒がかかったりして、グラスが飛んで来たりして迷惑する。すぐ喧嘩をしたがるボクシング部出身の酒乱がいた。その夜は機嫌が良くなかった。

ハヤが小声で言った。

「伊集院さんにからむかもしれませんよ」

「そうか、そん時は、そん時だよ」

「あの人、ボクシング部ですよ」

「俺は、喧嘩部の特攻隊長だよ」

相手が静かに店を引き揚げるとハヤが言った。

「酒乱って、本当は酔ってないのかもしれませんね」

「そうなのかな……」

一度、ハヤとママ、常連客と京都へ遊びに出かけた。

お洒落なジャンパーを着てあらわれ、いかにも職人風で、風情がイイナ、と思った。

通夜しか行けないので、町屋の斎場へ行った。斎場はどこも一杯で、酉の市みたいだった。ハヤが生きていたら言っただろう。

「やかましい斎場ですね。けど儲かってやがるな斎場は……。少しはこっちに回せってんだ」

焼香で並んだ時、顔見知りの装丁のデザイナーと逢った。京都も一緒に行った男だ。

「家族、親戚は来てるのか？」

「いや、誰も。一人だけ病院に来て、〝顔も見たくない〟と言って帰ったそうです」

「そいつはいいや。ハヤらしいナ」

人間死ぬ時は独りの方がすっきりしていいに決っている。できるなら手前が死んだだけのことで、世話になった人を寒空の下で立たせたくはない。

――いいのか、死んでるんだから。

焼香の時、ハヤの位牌を見た。

六十歳だった。そんなに若かったのか。

人の死は、二度と逢えないだけのことで、それ以上でも、以下でもない。

通夜の帰りに、上野の一見のバーに寄った。

「ドライマティーニをくれ」

ひと口飲んだ。

――こんなまずい酒はどうやって作るんだ？

静かにしなさい

目上の人に携帯電話で連絡するという行為は失礼になる、と私は考えている。

電話ですら失礼ではと思う。

ましてや携帯ならなおさらではないか。

「そりゃ、伊集院さん、古い考えですよ」

――静かにしなさい。

私は古い、新しいという基準で、この話をしているのではない。

目上の人に、しかも何かのうかがいを立てる用事であるなら、その人本人へむかう前に側にいるしかるべき人に、その人への接し方を聞いて後に、手紙なり、直接逢いに行くなりという手順が当たり前なのではないか。

「そりゃ、面倒でしょ」

——黙りなさい。

社会から面倒がなくなったら、それは無法地帯と同じではないか。

私は携帯電話を仕事のことでは使わない。

第一、電話で済む仕事などたいした仕事ではないし、仕事の神様に失礼である。

ところがこの頃、出版業界は、平気で電話で仕事を済ませようとする。若い人に見られる傾向だが、私はよほどのことでなければ電話で相手をすることはない。

若い人はその理由がわからないらしい。

さらにおかしいのは、電話して来た相手に三十分以内に電話をすると留守番電話になっていることが度々ある。

そっちから電話をしてきておいて、留守にしているとはいったい何事だ？　失礼この上ないし、無礼である。無礼者は、ほんの少し前は、その場で打ち首にした。

私が子供の頃は、子供が電話をするのを大人が禁じたし、電話機に触ると叱られた。

それでも仕方なしに（十五歳以上になった頃かナ）電話をかけることがあると、十回以上コールをするものではないと教えられた。

今は平気で一分近く鳴らすバカがいる。

そのコール音が、私には、

〝ほらほら、電話を鳴らしてるんやから早う出んかい〟というふうに聞こえる。

発信元の名前が出たりすると、そいつの声と表情までが、届くし、見える。

――おまえの名前が出ているから出ないんだよ。

それがまったくわからない者がいる。

私の母親は、今でも電話のコールは五回でやめる。だから文章を書いていて、すぐに電話に出られず、取ろうとした時に切れると、あっ、これは田舎の母からだ、とわかる。

それくらいほとんどの日本人は平気で何回も相手を呼び出す。失礼とは思わないのだろうか。

これも若い人だが、こちらが用事があって電話をして、用件が終って切ろうとすると、

「いただいた電話で失礼ですが、例の件……」

と〝ついで〟の話をしようとする。

いただいた電話で失礼って、失礼なら口にするんじゃないよ。

目上の人に〝ついで〟をする者は、やはり打ち首であろう。

たとえばそれは目上の人を訪ね、何かのうかがいを立てるなり、頼み事をしたとすると、約束して会うまでに他の用件ができて、それも〝ついでに〟するのは失礼なことだ。〝ついでに〟物事を済ませれば、きちんとした人は、この男なり、この女性は世の中の礼儀が何もわかってないタワケモノなのだ、と思ってしまうのが普通である。

ましてや電話でそれをすれば戦争になってもおかしくない。

何かわからぬこと、たとえば歴史上の人物のことや、英語、フランス語なりの意味であったりとか、そういう場面で、スマートフォンを取り出し、指を動かした後、

「それはこういうことです」

という輩がいるが、私に言わせれば、そんなもので得た情報を私の前で口にするんじゃないよ、きちんと図書館なりで本を調べてから話したまえ、と思う。

見知らぬ番号が発信元に出ていれば、私はまず出ることはないが、忙しい時、たまたま取ってしまう。

「あの、私、○○社の△△△△と申しまして、以前□□□のパーティーでご挨拶したのですが……」

「ああ、そうですか。ところでこの番号をあなたはどこでお知りになりました」

「ああ、☆☆さんから教えて貰って」

「じゃすみませんが、これから☆☆さんに電話を入れていただいて、私の電話番号を勝手に人に教えるんじゃない、ということと、二度と私の前にあらわれるな、と伝えてくれますか、ガチャン」

銀座のママからメールが届き、最後にハートのマークがひとつ、ふたつあるのを目にするが、作家に出すメールなら、そのハートがどういう種類の、どの程度の愛情かをきちんと文章であらわすべきではないか。

飯の美味い、不味《まず》いを星の数であらわそうとするバカなタイヤ屋の話と同じだろう。

人はみないなくなるもの

少し前の話だが、かつて競馬記者で、のちに競馬雑誌の名編集長になったS沢の葬儀に、仙台から東京へ出た日があった。

S沢は、屈託のない性格で、何より競馬に関して、センスが抜群だった。

——競馬、ギャンブルにセンス？

ギャンブルをしない読者にはわかり辛いかもしれないが、ギャンブルにとってセンスが、その人の打ち方（ギャンブラーはするではなく打つと言う）のすべてを決めるし、人と馬がどう走るかはやはりセンスが勝敗を大きく左右する。

S沢は競馬がいかなるものかを文章にする能力に長じていた。

「伊集院さん、競馬の観戦記を書いてくれませんか。競馬の紙面にとって一番大切なことは予想を的中させることじゃないんです。どの馬が勝って、どの馬が負けたなんて競馬の肝心じゃないんです。競走馬と騎手がどう戦い、その戦いが何だったのかを読者に伝えることなんです。観戦記がきちんと書ければ競馬記者もやっと一人前なんです。それでも作家が書く文章の方が一枚上なんです。寺山修司も、虫明《むしあけ》亜《あ》呂《ろ》無《む》も名文を残しています」

当時、週末になると、現金《タマ》を掻き集めて本場《ほんじょう》（競馬場）へ突進していた青二才には新鮮な依頼の言葉だった。以来、二人で名騎手、野平祐二の家で話を聞いたり、北海道の浦河までちいさな牧場を訪ねたりした。

ちいさな体軀の人だったが、酔うと陽気で威勢も良かった。それでも歳下の私に気遣いをしてくれて、礼節を外さなかった。

三十年以上も前の、若い二人の競馬狂。

「さっきS沢が亡くなりました」

報せの電話を聞いて、私は愕然とした。丁度、その日の昼間、S沢から届いた『有馬記念全軌跡　GRAND　PRIX60thMEMORIAL』（トレンドシェア刊）を読んだところだった。S沢ならではの編集で感心していた。

――S沢さん、どうしてるのだろうか。

その日の夕暮れの訃報だった。クモ膜下出血だった。

――なら苦しみはしなかったか。

A山葬儀場での葬儀には、競馬関係者の懐かしい顔が揃っていた。舛添東京都知事、井崎脩五郎さんと並んで弔辞を読んだ。葬儀の帰りに大手町の近くにある蕎麦屋へ行った。S沢が長く勤めていたSスポーツの社屋があり、その蕎麦屋へ二人してよく行った。

「今回の直木賞、久々にいいね」

読書家だった。あの頃、新聞記者はよく本を読んでいた。文章がすべてと言っていた。

――今夜は安酒でも飲むか。

S沢は日本酒は二級、洋酒は安いバーボン、肴はいらない。酒は安いのが一番だと言っていた。常宿のホテルのバーで献杯した。

人は誰でもいずれこの世から居なくなる。これだけがわかっていることだ。

――魂は永遠だから……。

魂？　バカを言いなさんな。そんなもの見たことはない。永遠？　気持ちの悪い言葉を使わんでくれるか。この宇宙とてやがて消滅すると言うじゃないか。

肝心はともに生きた時間であり、さらに言えば今日でしかないだろう。若けりゃ別だ。明日に目をむけても許されるからな。

翌朝、二日酔で目覚めて、口の中が苦い。

――昨日、何か嫌なことがあったか。

机の隅の〃名馬伝説〃と題されたS沢が編集した本が目に留まった。葬儀のお返しだ。

それを見て思い出した。

あの葬儀場で聞いた女性司会者の声と話し方である。いかにも悲しみに満ちた口調に、正直驚いた。演技をしているのか……。

――なぜ、あんな話し方を平然とするんだ？

いかにも情感を込めて、当人は話しているつもりだろうが、いかにもとは偽物ということだろう。私には死者を愚弄しているようにしか聞こえなかった。あれでいいと言う大人の男がいたら、私の感覚がおかしいのか。

この頃、葬儀を斎場の司会者に託すと、二回に一回、この手のカタリ（騙《かた》りの方）のような話し方をする者がいる。聞いていて不快になる。坊主でさえ自前の御詠歌を唱えるバカモノがいる。人の死の周辺で商いをする輩は、死がいかにも特別なものと扱って、平然とそれをやる。聞くに堪えない、と思っているのは私だけなのだろうか。
そう言えばS沢も行儀の悪い行為によく憤怒していたナ。

何日たっただろう

二月に入り、少し早目に仙台に帰った。

体調が良くなかった。少し疲れもあった。

――何の疲れでしょうか？

勿論、仕事もあるが、仕事が終ってからの一杯が、このところ十杯以上の夜が続いた。

なんでまた十杯も？　何か楽しいことでも？　楽しいことで十杯も飲んでいたら、陽気なギャングたちは皆アルコール依存症でしょう。

疲れは、風邪引きにつながった。

朝、原稿を書いていて、熱っぽかった。悪寒がすると、身体が火照りはじめ、パジャマの上を脱いで仕事を続けた。

汗も掻く。タオルで拭う。むかいのビルの人がガラス越しにその姿を見たら、

「おっ、乾布摩擦をやってるぞ」

と間違うかもしれないが、真実は他人の目には見えない好い例である。

夕暮れ、身体がだるくなった。仕事にならない。部屋の電気を消して横になった。

——熱が下がるのを待つしかあるまい。

薬は飲まないかって？

風邪くらいで薬を飲んでちゃ、一人前の大人の男と言えんでしょう。

生まれてこのかた薬を飲むという行為をほとんどしたことがない。別に薬を信用していないわけではないが、なぜか飲まない。

部屋を暗くしてひたすら横になり、恢復を待つ。水分をよく摂って汗を掻く。栄養も摂る。この繰り返ししかない。

ところが翌日、翌々日も熱が下がらない。

栄養も、ルームサービスを注文するが、味も素っ気もない。ひと口、ふた口で終わる。熱があるから喉が渇く。水を飲み続ける。

熱があるせいか寝付けない。夜中にBSテレビを点ける。いろんなことに気付く。

堤真一の自動車はどうしてあんなに初中後《しょっちゅう》故障をするんだろうか。どうしていつも同じ男が作業着を着て走り寄るのだろうか。

なぜ、青汁をあんなに美味しそうに飲めるのだろうか。一家で青汁飲むかね。

ジャパなんとかの元社長の声はどうしてあんなに甲高かったのだろうか。あの時だけテレビのボリュームが高くなってないか。

熱っぽいので氷枕を頼んだ。ラクになる。

どうして氷枕に気付かなかったのか。

四日目に入り、食欲なし。水をひたすら飲んで汗を掻く。

風呂に入れない。バスルームで身体を拭く。ついでに体重計に乗ると、四キロも体重が減っていた。

——本当か……。

この分で体重が減れば、五月の下旬には体重がなくなる。

夜半テレビを消音で見ている。ライなんとかザップというコマーシャルで、テレビで顔を見たことのあるタレントが、最初、布袋さんと言うかビア樽みたいな腹であらわれ、次に筋肉黒光りの姿で登場する。

君、初めに腹の力を抜いてるだろう。次は腹を引っ込めてんだろう。誰が見ても変だと思うのだが、他の人はどう思ってるのか。

しかしあんな身体になって、いったい何をしようというんだ？　あれを美しいと思うなら、センスの欠けらもないと思うが。

家に着くと、バカ犬が吠えて迎える。

「どこへ行ってたんだよ、このバカ。ワン」

着換えながら、私の脱いだズボンを噛み千切ろうとする犬に、それ買ったばかりだぜ、と言うが通じない。

夕食を摂り、バカ犬と庭に積もった雪を眺める。

「どうだ身体の方は？　痛みは消えたか」

「作家、おまえ少し痩せたか？」

「まあな。いろいろあるんだよ、人間は。そう言えば兄ちゃん（犬のこと）、喉にガムつまらせて大変だったらしいな」

「ああ、一巻の終りかと思った」

「ほう、そんな言葉知ってるのか」

雪が降り出した。暖炉に薪《まき》をくべる。

パチパチと薪が爆《は》ぜる音がして、私も犬も火の勢いを見ている。

作家の杉本章子さんが亡くなってもう何日になるのか。競馬の名編集者だったS沢が亡くなってどのくらい過ぎたか。

暖炉の火を見ていたら久世光彦を思い出した。生きていればいろいろ楽しかったのに。

炎のむこうに立川談志師匠の笑顔が浮かんで来た。独演会にはもう行けない。

「今夜はひさしぶりにイー兄い（私のこと）が来たんで、芝浜をやるか」

犬がパジャマの裾を噛む。

「何だ？　叱られるぞ」

「おまえ明日、誕生日だろう」

「大人の男に誕生日なんぞあるか」

追いかけて

君たち少しゲームをやり過ぎじゃないか。
君たちとは誰か？
ゲームのことだから、子供や若者だろうって？
そうじゃない。
断じて、そうじゃない。
日本人の大半に言っているのだ。
大半って？
五、六歳から、五、六十歳までの、男も、女も問わず、独身も、人の子の父親も、母親も、一流企業の社員も、政治部の記者も、タクシー運転手も、電車の運転手も、勿論、国会

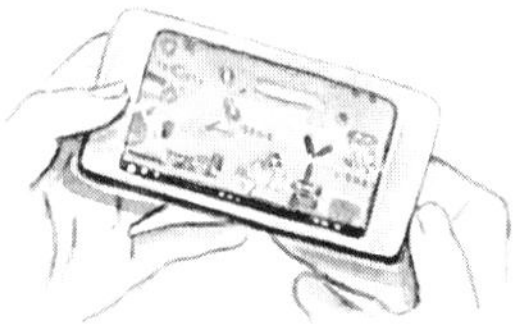

議員も、刑事も、弁護士もいる。何百万人という日本人が、暇さえあれば、いかにもスマホで何やら仕事の用件を見ている顔をしてゲームに、見事に集中しているのである。

「えっ！　伊集院さんはその現場を見たことがあるんですか？」

ない。

ないが、わかる。

何百万人と書いたが、もしかしてひとつ桁が違うかもしれない。

よくする人は、翌朝、仕事があるのに、徹夜でやってしまう大人もいる。

そんなバカな？

私はバカとは思わない。それが人間だと思っている。厳密に言えば、人間という生き物の本能の中に、自覚とか、羞恥心、罪の意識など軽々と越えた欲望（今はこれがしたいんだよ、私は）、快楽（この達成感がたまらない）があるということである。

少しオーバーバーじゃありません？

オーバーと思うなら、天上から見回りの小悪魔（天使でもいいが）に依頼して、スマホを覗いている全日本人の実情を調査してもらい報告書を読めばよろしい。

このありさまをどう考えるか。

私はゲームをすることをちっとも悪いこととは考えていないし、それで気が晴れたり、楽しいのなら結構だと思う。

人間には愉しみが不可欠である。

追いかけなければ何も手に入らないのも事実なように、窮屈なことばかりや、道徳の時間だけでは欠伸《あくび》が出る生き物なのである。

ただ問題は、ゲームをしたり、ギャンブルもそうだが、のべつ幕無しに、それが楽しいからと夢中になっていると、必ず当人がこわれるのである。これは間違いない（ギャンブルで何度かこわれた私が言ってるのだから）。

ともかく場所と時間を考えてしなさい。

子供は親が注意する。親の場合はもう少し自覚して、恥かしくない程度にしなさい。

私の家族がやり過ぎたらどうするかって？

目に余れば叱る。

「それを、そんなに長い時間続けて、いったい何があると言うんだ。○○も、△△も、今、君が直面しているものをすることが、今日を生きるということじゃないのか。そんなことに現《うつつ》をぬかすために、君の親は、君を産んで育てて大人にしたのか。バカモン」

これが子供や孫であったりしたら。

「そんなことばかりしてたら、今でも大バカのおまえが、さらに大々バカになるぞ。そんなことだけをしてたら、私のような、おまえの親のような大人になってしまうぞ」

少し極端な話を書いたと思われる読者もあろうが、その根拠をひとつだけ書く。

今、テレビのゴールデンタイムに流れるコマーシャルの半分近くが、ゲームの宣伝である。かつてこの時間は新車や電気製品、食料、飲料品など生活の主力となる製品にむけて多大な広告料が使われた。それだけ需要があり、企業は利益が上がったからである。ゲームは企業に多大な利益を上げさせるのである。なぜか？　何百万人という日本人がゲームに夢中になってくれるからである。

勿論、それだけではない。

ゲームの最中にミサイルが落ちてもまず気付かない。そりゃないでしょう。ある。

嘘だと思うなら、一度やってごらんなさい。よくできてるから。

ゲームをやるなと言ってるのではない。やり過ぎるなと言ってるだけである。

その時間と集中力、何かに使えば、あとあと面白い人生になるのだが、今言ってもわかるまい。

「オッ、ヤッター」

何をやったんだね？　君。

君はあの時……

田舎より来客があり、ホテルの中で食事をしていると、いきなり、グラッときた。立ち上がった。

――地震だ。

比較的、大きな横揺れだった。ポケットの中の携帯の地震速報が警戒音を発しないので、

――東京ではさして大きくないのか？

と思っていたら、グラリィー、グラリィーと立ち上がっていた私の身体の中心が左右に移動するように揺れ出した。初めての感覚だった。

「これは大きい。外に出ましょう」

相手にそううながしたが、ただ目を丸くして周囲の客を見ているだけである。

「大丈夫です。大丈夫ですから、落着いて下さい」

と顔見知りの店の従業員が両手を広げて声を上げていた。その前を私は足早に歩きながらホテルの外に出た。

やがて揺れはおさまった。ホテルのドアボーイたちも笑って話している。皆悠長なものである。食事相手が息子と夫人を連れて出て来て、後輩の父親が笑って言った。

「用心深いんですのう。先生は」

だから私は田舎者と食事をしないのだ。呑気なのではなく、迂闊が服を着て歩いている連中なのだ。

「いや、私の体験では、今の揺れはもっと大きく揺れ出してもおかしくない」

「そうか、先生は東北大震災の経験者でしたね。そりゃ怖がるのも無理はないですわ」

食事を早々に切り上げ、バーで一杯と誘われたが、勝手に飲みやがれ、と別れた。

一時間後、震源地は小笠原諸島の地下590キロでマグニチュード8・5と報道された。

——ほら見ろ。東京のそばなら都市は半分壊滅じゃないか。

震源地から1000キロ以上離れた埼玉、神奈川の一部で震度5の状態で停電した地域もあった。こういう地震は初めてだった。

夜が更けての報道で、遠距離の地域で揺れが激しかったのは〝異常震域〟と説明し、こういう地震は二〇一三年にもオホーツク海でマグニチュード8クラスがあった、と地震学者が平然と言っていた。

――バカかおまえたちは。

私が知りたいのはおまえたちが付けた専門用語や、過去のデータなんかじゃない。こういう地震がもたらすものが何か、今後の可能性を聞きたいのだ。やはり昔から言うように、〝学者と役者と坊主にはまともな者がいない〟とは本当である。

口永良部島《くちのえらぶじま》で大噴火である。少年が映した映像を見ると、島全体が爆発したのではないかという有様で、煙りの噴き上がるスピードに目を丸くしてしまった。

映像に音声が入っていて、傍らの母親が、

「いやだ、洗濯物干しっ放しなんだけど」

「何言ってんの。噴火してんだから、そんなこと言ってる時じゃないでしょう」

と少年の声。子供の方がよほどまともだが、よく一名の犠牲者も出さずに島民たちは避難をしたものである。普段、訓練をしていたのだろう。都民よりよほどまともだ。

その少し前に、東北大震災が起きた時刻と二十分違いで東京がグラッときた。携帯が地震速報を警戒音とともに鳴らした。

私はホテルの部屋で仕事中だったので、すぐに着換えて、防災グッズの入ったリュックサックを背負って部屋を飛び出そうとして、下半身がまだパジャマのズボンのままなのに気付いて穿き直しているうちに揺れが止まった。

避難所に入ったにしても、

「あのリュック背負ってパジャマのズボンの男だけど、どっかで見たことねぇか？」

と言われるのは耐え難い。

てんでに逃げろ、と東北大震災で解り過ぎるくらい解っていても、下にパジャマを穿いて死ぬのは、何とも辛い。

御嶽山の爆発、箱根の大涌谷の異常な揺れ……。これで日本列島がまともだと言える者がいたら逢ってみたい。

私は大地震が来る、と言っているのではない。いつ地震が来てもおかしくないと言われているのだから、もう少し〝備えの姿勢〟を大人の男が持たねば、いざという時、あわてるばかりだぞ、と言いたいのだ。

天災、災害に専門家などいないのだ。一人一人が備えるしかない島に生きているのだ。

あの食事の折、大丈夫だと客に言っていた従業員に後日逢ったので訊いた。

「君はあの時、何の根拠で大丈夫だと声を上げていたんだ？」

「根拠はありませんが、ああ言うしか」

善人なのでうなずいたが、災害は善人から先に死ぬのは本当のことである。

切ない時間がすぎて

楽しくも、切なくもあった時間だった。

仙台へ帰っていた或る午後、家人は用事があって外出し、私と親しい東北一のバカ犬も病院へ検診に出かけた。

珍しく、私と、家内の犬の二人、ではなく二生物になった。彼はリビングに手持ち無沙汰に居た。私は仕事が徹夜になり、仮眠を少し取って起き出していた。

「よう、元気にしてるのか。どうだ体調の方は、いいのか」

私は犬にむかっても、普通に人に接触するように応対する。相手が理解できていまいがかまわない。少年の時から生き物にはそうして来た。

犬の方は、私の顔をじっと見たままだ。この頃、そんなふうな表情をしはじめた。数年前

までは、私はまったく無視されていた。それはそれで私は何とも思わない。相手は犬なのだから。

なぜ私を無視したか。それはこの仙台の家で一番偉いのが家人で、二番目が自分と思っているからである。私と、バカ犬は犬外というか、圏外で、どうでもいい存在だった。

名前は亜以須《あいす》という。十五歳である。家人は猫を買いに行き、仔犬の彼と出逢った。〝運命の出逢い〟と彼女は呼ぶ（よくある話ですナ）。家の中は一変した。好奇心の旺盛な犬種だから見ていて三、四歳の子供のように面白い。

「いつから外で飼うんだ？」

「あなたは、この雪の中、外で寝ますか？」

家人は持って生まれた性格が神経質で、些細なことで沈みがちなところがあったが、一匹の赤児の襲来で、見る見る丈夫になった。運動神経の良い犬で、夕刻のゴルフ場で散策をするとバンカーの中を跳ね回っていた。お蔭で私はバンカー均《なら》しが上達した。

犬に親友、ラルクができ、その飼い主の一家とも親しくなれた。天使のごとく幸運を連れて来た。

犬のために庭のデッキに階段を付け、鋭角なテーブルの角に丸味をつけた。その階段もピヨンと二段飛びで駆け上がる。

私が居間で本を読んでいると、背後で音がした。見ると庭に続くドアを手でこすっている。トイレに行きたい、という合図だ。私は立ち上がってドアを開け、犬が小用を済ませるのを待った。犬が戻って来た。そこで思わぬシーンを見た。低い階段を登り切れないのだ。体重を前にかけ、二、三度挑むが、ダメだ。そう言えば家人が、大声で、ガンバレと言っていたのを思い出し、私も大声で（すでに耳が遠い）同じことを言った。犬はその声に押されたのか、一段目を登った。次の二段目で疲れたのか、少し休んでいた。私には彼が自分の老いに戸惑っているようにも見えた。

「オイ、亜以須。来い」

私が大声で言い、手招くと自らに気合いを入れるように起き上がり、何度か苦戦してこちらにやって来た。肩で息をしている。

——今はそれが君の日常か……。

少し一匹と一人で話をした。

夜半、仕事をしていると、私のバカ犬がイビキをかきはじめた。若い時にはなかった。歳を取ったのである。

仕事を終え、待機していたバカ犬と寝所へ行き、よほど眠むかったのだろう、すぐにまたイビキをかきはじめた。

しばらく犬を撫でながら、昼間見た兄貴の犬の姿がよみがえった。今はまだ元気な犬も同じことが起きる。そうしてやがて立ち去って行く。人間の何倍もの速さで生を歩んでいるのだから、その日はすぐそこにある。

彼等が若くて元気な頃は、想像もしなかったことである。家人の大切にしていたものを喰い千切ったり、粗相をした悪戯好きの姿は遠い昔のことである。

ふいに切なくなった。私にしては思わぬことである。二匹に対して、妙ないとしさが湧いた。まさか自分の感情が、こんなことで揺れるとは思わなかった。

私は少年時代、二度、犬の死を見た。泣きそうな顔をしている私に父は言った。

「泣くな。犬は人より早く死ぬんだ。犬ごときでみっともない顔をするな」

そう言った父の目も濡れていた。

二匹とも、二人で原っぱに埋めに行った。穴を掘り、土をかける前に父はじっと犬を見下ろしていた。

「むこうへ行きなさい」

そう言って父は土を犬にかけた。

生きものであれ、人であれ、別離のこころの持ち方を備えておくことは礼儀である。

準備をしておこう。君たちが去った後、哀しみの淵に長く佇むことが起きれば、何のための出逢いだったのかわからなくなる。

あとで気付く

かなり前のことだが、十代の若い人たちに小説の読み方を教えて欲しい、と頼まれ、それまで人に何かを教えるということが、野球以外になかったので、故郷の山口県まで、教えを乞いに行ったことがあった。

生家のある隣り町に、私の恩師がいらしたからである。その頃、私は先生に月に一度、哲学の授業をして頂くために帰省していた。

今から思えば、それは素晴らしい授業で、私の人生の中に、あの日々以上に満ち足りた時間はおそらく訪れることはあるまい、と確信している。そのことに気付いたのが、先生が亡くなられて、十年余り過ぎてのことだから、私という人間はつくづく鈍感なのだと嘆息してしまう。

私が訪ねる数日前から、先生は体調がすぐれず、入退院をくり返していることに、なかば投げ遣りになってしまっていると奥様から電話で聞かされていた。

それでも先生は、私がお宅に伺うと、和服に着換えて、机の前に座っていらした。

「急なお願いで申し訳ありません」

私が頭を下げると、

「いいえ、大丈夫です。それで……」

先生にはひどくせっかちな気質があった。

早急に目の前のことを片づけないと、いらだつと言うか、貧乏揺すりをされた。

かと思えば、哲学の授業で、私が皆目わからない命題にぶつかると、一時間でも二時間でも、私が見解を話すまで待っておられた。

「急いではいけません。順序立ててじっくり考えなさい。思いつきが一番いけない」

その辛抱の度合いというか、ゆったりと構えて何かを待たれる姿は、悠久の人に思えた。

私が、東京で小説の授業をせねばならないことを告げると、

「それはあなたの専門でしょう」

と意外な顔をされた。

「いや授業ですので、授業は先生の……」

私が言うと、先生はしばらく腕組みをして目を閉じておられた。十数分後、目を開き先生はこう言われた。

「小説に限らず、言葉をもってかたちを成したものには、それがすぐれたものであれば、そこに基本となる言葉があります。それを見つけることが、小説を読むことでしょう」

「………」

私は黙り込んでしまった。

「おそらくそれはシンプルな言葉でしょう」

それだけを教えてもらい私は東京に戻った。

授業は、先生の言葉を十代の若者にそのまま告げて、短時間に終った。

生徒たちは呆然としていた。

その言葉の意味が、この頃、少しわかりかけて来た。どんなに長い小説であっても、そこに基本となるもの、基本の言葉がある。しかもそれはシンプルな言葉である。

なぜ、こんなことを書いたかというと、或る月刊誌に、立花隆氏が、亡くなった一人の物理学者の言葉を紹介していて、その言葉に私は心身を揺さぶられたからだ。

末期癌にかかっていたその物理学者の自身のブログに最晩年に書かれた言葉だ。
「宇宙や万物は、何もないところから生成し、そして、いずれは消滅・死を迎える。遠い未来の話だが、『自分の命が消滅した後でも世界は何事もなく進んで行く』が、決してそれが永遠に続くことはない」

語られていることは、何もないところから宇宙、万物、勿論、私たちも生まれたのだが、私たちは勿論いなくなるが、やがていつかこの宇宙もなくなる、ということである。

私たちが感動したもの、学んだものも私たちと失せるが、シェークスピアがいたことも、モーツァルトの曲があったこともすべて消え失せるというのだ。それが今の宇宙物理学では正当であるらしい。

宇宙の根源にむかえばむかうほど、判らないものが確実に増え、いつか消滅することだけは確からしい。少し怖く、哀切をともなうことだが……。

——これは基本の言葉だ。

と私は読んでそう思った。

なぜなら、二十数年前、先生が言われた基本の言葉も、私がこの頃、そうではないかと思う基本の言葉も、シンプルではあるが、そこに〝存在している哀しみ〟がある気がする。

ちなみに、その物理学者は戸塚洋二氏である。生存していらしたらノーベル賞の最有力と言われた人だが、氏の言葉にはノーベル賞など超越した、基本の言葉が持つ尊厳がある。

第三章
生きた証し

忘れずにいる

小説の取材で四国、松山に出かけた。

梅雨時で、天候は悪く、飛行機はよく揺れた。飛行機が揺れると嫌になる。あんまり揺れるので通りがかったスチュワーデスさんに訊いた。

「大丈夫かね、こんなに揺れて？」

彼女は笑って、大丈夫です、と応えたが、何の根拠で大丈夫なんだ？ と思った。

松山は数年前までよく訪ねた。明治の文学者、正岡子規の小説を執筆するためだった。取材に五年、執筆に三年近くかかったが、思わぬ文学賞まで頂き、私の作品の中では新しい分野が見つけられたのかもしれない。

子規は三十五歳で亡くなったので、生涯を描くにしてもどこか哀切がともなってしまう

が、私は、彼が生きている間の〝生〟に与えられる光に満ちたものを書きたかった。たとえ何歳で〝生〟を終えようが、その人なり、その子供なりのまぶしさがあるのが人間である。

私は、弟とも妻とも若い時に別離せねばならなかったので、近しい人が、亡くなった方のことをしみじみと思い返される姿を、佳《よ》い姿だと思っている。追憶は切ないが、誰かがずっと忘れずにいることが〝その人が生きていた証し〟と思っている。

〝海の日〟が制定された時、その日が弟の命日と同じだったので驚いた。弟は海難事故で亡くなったからだ。

誰かがずっと忘れずにいる、と書いたが、弟の死はすでに四十六年前である。日々忙しくしていれば、あれっ、命日が過ぎたか、という年があるのは当たり前である。私の場合、母が必ず連絡をして来て言ってくれる。

「もうすぐマーチャン（弟のこと）の命日ですね」

それでも海外取材などに出ていると連絡の術もないが、〝海の日〟はそれを教えてくれる。

松山空港から伊予市へむかい、ちいさな漁港を見て回った。雨中の取材で海は煙って、水平線は雨雲にまぎれていた。漁港は、私が思い描いたものとは違っていたが、ちいさなカツリック教会と幼稚園は質の良いものだった。

神父はスペインに帰国して不在だったが、彼が帰国の度に大切に運んだであろう、御影のキリストの絵や、カタルーニャ地方の陶製のタイルを見て、以前何度か訪ねたスペインの風景がよみがえった。鐘楼の鐘を鳴らすための手作りのロープに、ピレネー山脈で巡ったロマネスクの古い教会が思い出された。

四国のちいさな街で、異国から信仰のために一人の人間がその生涯を捧げていると思うと、信仰の底力を感じる。ザビエルしかり、鑑真和上しかりである。

伊予で昼食になり、美味しいラーメン店があるというので立ち寄った。昼時を過ぎても客は満杯で相席で食べていた。〝Mかさ〟という店は広い厨房にオヤジ一人と年季の入ったオバサンが四、五人立ち働いていた。

美味かったが、私には少し重い中身だ。

〝夕陽が立止まる浜辺〟（どうやって止まるのかは知らぬが）に行き、海が目の前の、映画、フーテンの寅の撮影舞台になった駅へも行った。その駅で一羽の濡れカラスが線路のレールの上を腰を揺らして散歩していた。

――変わった奴だナ……。

伊予には素晴らしい野球場があった。高知から少年野球チームが遠征に来ていた。その中に髪をポニーテールにした少女が、なかなかのユニホームの着方をしているのを見た。メリッサ・メイユーに似ている。メイユーはメジャー（ＭＬＢ）との契約資格を得たフランスの美少女プレーヤーだ。

夜は、夜市で賑わう松山の繁華街へ入り、以前訪ねた料理店〝Ｔにた〟のカウンターで女将三代が揃って立ち働く姿を見ながら、瀬戸内海の美味と酒でほろ酔った。この店はグラフィックデザイナーの太田和彦さんに教えてもらった。太田さんが通う店はハズレがないと言う（吉田類というのもいるが、オッサン、少し飲み過ぎだから）。

帰りの飛行機もよく揺れた。揺れない飛行機はないのかね。

旅の話を書くと、どうも散漫になる。

新しい人

七草粥を食べた。

一年に一度、食するものではあるが、もう何十回口にしたのだろうか。

私の、これまでの生き方は、一般の人と比べると、まともなものではなかったと周囲が言う。こう書くと、私が長く難民生活、流浪の歳月を送ったのでは、と思う人もあるかもしれないが、私は恵まれた環境に生まれ、飢えることもなかったし、人のものを盗んでまで生きなくてはならぬ子供でもなかった。

世の中が、日本という国が、平和で、発展していたこともあるが、それ以上に親が懸命に働き、六人の子供を育ててくれた。その上、厳しく躾けてくれた。子供にとって厳しい躾けは辛いものもあったかもしれないが、それはそれで過ぎてしまえば有難いことばかりで、む

しろ厳しかったことが、今の自分の仕事や、生きる姿勢を作ってくれたと思っている。

それで、七草粥なのだが、遠い日、母がこしらえてくれた折も、なんじゃ、この味も、素っ気もない雑炊《おじや》は！　と思ったが、今は、それはそれでせっかくこしらえた人もいるのだし、美味そうに食べるか、となった。

年を取ったとか、老けたからそうしているのではない。

私は死ぬまで、若者である。

若者と言えば、熊本の高校で、夏の参議院選挙のために期日前投票の投票所の設置をするそうだ。若い人が選挙権を持つことは喜ばしいことである。

今の日本の政治体制を変えるには、若い人の力が必要だ。私たち大人は彼等にできるだけ政治が何たるかを、たとえ善く教えられなくとも、話すべきである。

二〇一五年、若い人たちがみずから政治参加の気運、表現、訴えをはじめた。そのひとつの〝SEALDs《シールズ》〟創設者の一人である若者を脅迫した不届き者がいた。これを社会の中の許せない行為の最たるものとして、私たち大人が彼等を守らねばならない。それが大人としての責任である。右派だろうが、左派だろうが、私たち大人は命を懸けて彼等を守らねばならない。それが大人の男である（女でもいいんだが）。

頑張れ、若き、新しい人よ。

政治の歴史は血の歴史でもあった。しかし彼等にそれをむけたら、日本という国は終る。去年の夏、あの炎天下、渋谷でデモをした若い人たちを私は信じるし、その情熱が絶えないことが、日本の将来の光である。

頑張れ、若き、新しい人よ。君たちを支援している大人は、声こそ出さぬが、想像以上の数と力量を持っているから。


七草粥を食べた夜、今年初めて暖炉に薪を焼《く》べた。暖炉も薪もそれはそれで（道具は）生きものだから、初めはなかなか調子が出なかったが、日付けが変わる時刻になると、パチパチ、ボーボーと声を上げはじめた。

やはり電気より、身体の芯が温《ぬ》くもる。

それでも夜明け方、足が冷えた。

庭へ続く戸のカーテンを開くと、白いものが舞っている。

――どうりで寒いと思った。

雪が降ると、寒さはやわらぐのだが、絶対的な温度が容赦ないものなのだろう。

東北一のバカ犬は足元で眠っている。

犬はどんな夢を見るのだろうか。


北朝鮮が水爆実験をしたという。

困まった連中である。薬が効かぬ愚者、愚国のイデオロギーは歴史の中で何度となくあったし、終焉《しゅうえん》は民衆が悲劇を迎えた。

去年の大晦日《おおみそか》から、新年の三ヶ日を母と二人で過ごした。九十ウン歳を迎えられて、まだ元気である。有難いことだ。

母は、三十年も前、北朝鮮の飢えた子供たちが靴の革を噛んでいる映像を見て、

「あなたはきちんとした仕事をなさっているのだから、あの子たちを救って下さい」

と以前、帰省した正月に涙して言った。

私はできる限りのことをなそうと思うが、一人の力には限度がある。それでも一人がゆるぎない考えを持って生きねばならない。

私たちに与えられたものは、時折、真顔で向き合わねばならぬものがあって、それが人生ではなかろうか。

懲りない女《ひと》

アニサキスという生き物がいる。

学名を「ＡＮＩＳＡＫＩＳ」、正式名か何かは知らぬが〝線形動物門双腺綱桿線虫亜綱カイチュウ〟とおっしゃる。

これが戒名ならえらい金を取られる。坊主まる儲けのような虫である。

回虫ですな。

クジラ、イルカなどの海の哺乳類が最終宿主だそうだ。

最終宿主とは何だ？　どうも学者が作り出した言語には情緒というものがない。

想像するに、アニサキス君の最後に宿泊するところが、クジラ、イルカの体内ということであろう。

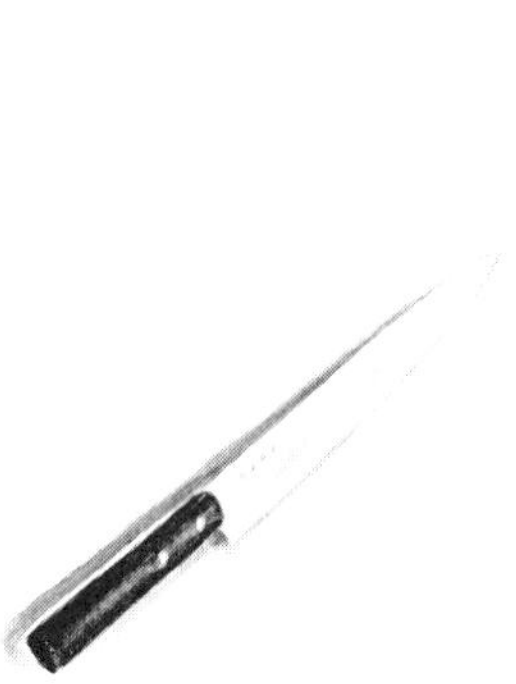

大きさは成長したもので5センチから20センチという。最初は幼虫の時、オキアミ（ほら黒ダイなんかを釣りに行く時、ダンゴにして海に撒くエビのちいさいような奴）の体内に入って成長し、クジラが大きな口を開けてオキアミをドサッ、と食べると、それでアニサキスもクジラの体内に入るらしい。

そういうのとは別に、オキアミはサバもイカも食すらしい。そうするとサバやイカの体内でも生きのびて行く。

まあ、しつこい回虫ですな。

成長すると丸くなって、サバやイカの皮と身の間で暮らすらしい。そのサバ、イカのひと切れを、鮨屋のカウンターか何かで、卑しい性分の客が、あまりよく噛まずに食べると、これが人間の胃の中で暴れる。胃壁を食べるというか、胃に穴を開ける。

これが痛いというもんじゃない。七転八倒する。気絶する人もあるらしい。

ではこれだけ回転寿司屋を含めて、日本全国に鮨屋があるのだから、夜になれば、その辺にアニサキスに胃を喰われている人が百人、千人いてもおかしくない。

ところがめったにいない。

アニサキスはその5センチの身体をグルッと蚊取線香のように巻いて5ミリくらいにして

隠れとるわけです。その身体の一部分でも切れたら、そこでお陀仏。即死ですな。

ほら、イカも、サバも表面に細かく庖丁で刻んだあとがあるでしょう。実はあれがアニサキスを退治している。その上、口の中でひと嚙みすれば即死である。

ところが何万人か、何十万人に一人、喰意地が張って、よく嚙まずにイカ、サバを胃に放り込むバカがいる。そういう人が（ほとんどそういう輩は男ですが）夜中、救急車で運ばれて緊急入院するんですナ。

だいたい一度やると、痛みに懲りて、それ以降、イカ、サバは注意して食べる。故に、このアニサキス症に二度なる奴はほとんどいない。バカである。

私は二度なった。

銀座の高級料亭と鮨屋である。鮮度のいい種にいる。一流企業の社長さんや役者さんがアニサキス症になるのは、いい魚を出す店に通うからである。

あとは歯が悪い人は鮨を丸飲みにする。私はかつて歯の塩梅が良くなかった。おそらくそのせいだろう。

新橋のG恵大学病院の医学生たちが授業で目にする、胃の中で生きたまま胃の壁に穴を開けているアニサキスの現場ビデオは、私のアニサキスである。自慢することでもない。

私はこれまで、アニサキス症に二度かかった人と逢ったことがなかった。

そんなバカはそうそういるものではない。

ところが、昨夜、食事をしている時、目の前に座った人が口元をナプキンで拭い、

「私、実はアニサキスに二度遭遇いたしましまして……」

と慎ましい顔をしておっしゃった。

淑女である。しかも月に一度、ゴルフをご一緒するレディーである。

私は口をあんぐりして、その方の顔を見直した。まさに目の前でステーキの赤い身をガブリと口に放り込まれた。

――その肉もぜんぜん嚙まんで丸飲みってか？

「美味しいですわ。この熟成肉」

ちいさな身体でたいしたものである。

さて三度目のアニサキス症をどちらが先に達成するか。よく嚙みなさいよ、阿川佐和子さん。

どうすれば……

いったい今の政治家の頭の中の構造と、国際社会における〝共存〟〝協力〟の感覚はどうなっているのだろうか。

ユネスコの世界記憶遺産で、戦争中に南京で日本軍が犯したと主張する〝南京事件〟を中国が歴史の事実として提出し、これをユネスコが認めるかたちになった一件である。

この事件に関しての是非と、日本としての抗議と、まったく無関係であるはずの、ユネスコへの協力金を、日本は他国より多く払ってきているので、ユネスコに出すのを止めるべきではないか、と言い出した。

国連に対しても、ユネスコに対しても日本が他の国より多く金を出しているのは周知であるが、過去の歴史問題を、この協力金と関わらせた時点で、大半のユネスコに協力している

国は「そういう目的で、日本はユネスコへ金を出していたのか」と呆れてしまったに違いない。

パレスチナの加盟で分担金を停止しているアメリカに右へ倣へでいいのか。

私たちも、折につけユネスコ、ユニセフに寄附をすることがある。それは年末や、世間が記念日や祝日で浮かれている時が多い。どこかの国では年を越せない子供がいる。祝い事ひとつもできない家族がいる。こちらは無事に生きているのだから、そういう感覚で少ない金だが出している。世界の先進国の人々のその感覚が、ユネスコ、ユニセフを成り立たせていると私は思っている。〝国境なき医師団〟もそうである（あれほど軍事技術の進んだアメリカ軍が誤爆をするはずがない）。

なのに今の日本の政治家は、見返りを要求する悪しき商人のごとき発言を平然とする。

〝南京事件〟の是非はまったく別の問題であるし、私に言わせるとユネスコが〝記憶〟の遺産という大変に難しい歴史、事象を扱ったことに問題があると思っている。

もう〝国際貢献〟という言葉を日本の政治家は口にしない方がいいのではないか。

この先、どんなかたちで国際貢献に金を提供しても、日本から出た金の裏には、日本人の計算ずくの何かそらおそろしいものがある、と思われても仕方ない。一度ついたイメージを払拭するには長い歳月がかかる。

何やら今回のユネスコへの協力金を止める発言は、先の東京オリンピック・エンブレム問題と似ている。純粋にすぐれたデザインが選ばれていると思っていたら、とんでもないものが裏で黒々《くろぐろ》と渦を巻いていた。

少し言い過ぎと思われる読者もあろうが、持てる者は持たざる者に過ぎるほどの配慮をすべきなのは、大人はわかっているはずのことである。

反面、私は、政治家をもう少し信用し、尊敬できる政治家をこの国で育て、生み出そうではないか、という考えを基本としていつも持っている。そういう可能性のある政治家も必ずいるのが国家というものだ。

〝南京事件〟〝慰安婦問題〟……の歴史認識の問題は、当事者が不在になる今後、さらに厄介なものになる。事実を解明することも困難だが、それ以上に五十年以上にわたって、そう教育されてきた被害国の国民の意識は、急に変わるはずがない。嘘だと思うなら中国でも、韓国でも出かけて戦争記念館、博物館へ行き、当時の日本軍と日本人がどう扱われているかを見学するといい。これを目にした時の言いようのない落胆と、現代の日本人の思いとあまりに違う歴史認識の差に驚くはずだ。

――どうすればともに歩めるか。

これは私たち大人が考えるべきで、少なくとも決裂する方向へ、これ以上ベクトルを示さないことだろう。

辺野古問題で、平然と沖縄だけを国の安全の盾にしているように見えてしまう構図に、政府は打つ手を持たない。それ以前に、沖縄の人は日本人ではないのか、と切なくなる。

信頼される政治家はいつあらわれるのか。

哀しみの淵で

週明け、未明から東京は雪に見舞われた。

電車が間引き運転になり、何十万人の通勤の足が止まった。まだ降り積む雪の中、駅舎からあふれる人を見て、大変だナと思った。

私は飛び起きて、厚手のものを重ね着して、外へ出た。傘が飛ばされそうだ。

――どのくらい寒いんだ？

私は子供の頃から、早朝、台風や、大風、大雨になると外へ飛び出し、荒れ狂う中に立ってみたくなる性格があった。

子供の身体を吹っ飛ばすほどの風に立ち、オウッ、コリャスゲェーヤ、両手を広げたら空を飛べるんじゃないか、と風にむかって手を広げたりした。結果、びしょ濡れ、打撲多数で

家に帰り、まだパジャマ姿の姉や妹、弟から、目をまん丸にして、頭オカシイんじゃないの、この子、という目で見られ、母からこっぴどく叱られても笑っていた。お手伝いのサヨがタオルで私の頭を拭きながら言った。

「その性格いい加減に治さないと……」

——おまえたち、女、子供に、荒れ狂うものの中に身を置く男の気持ちはわかるまい。

と子供が思ったかどうかは記憶にない。

ホテルを出て、お茶の水橋の上に立ち、屋根に雪が被った電車を見ようと思った（六十歳をとうに過ぎた大人のやることかネ）。

電車の屋根は案外だったが、オウッ、線路の両方の堤は真っ白でイイ感じじゃないか。

帰り道、クリスチャン・センターの一階のカフェベーカリーに寄った。店前に傘にビニールをかける箱があった。どうやるんだ？　このビニールをかけるのは？　背後に女の子が立っていたので、お先にどうぞ、と言うと、彼女が丸い蓋《ふた》に傘の先を突っ込んだ。ものの見事にビニールが傘を包んだ。こりゃ、スゴイ！　誰が作ったんだ！

「あっ、そうやるんだ」

私が声を上げると、女の子が振りむき、ニコッと笑った。知らなかったんだ、それでお先にネ。オジサン、ヤルネ、という顔だ。私も笑い返した。

スープ、クロワッサン、紅茶をテーブルに運んで座ると、女の子が目の前だった。

もうテキストを開き、勉強をはじめてる。この界隈は大学、専門学校、予備校が多いから、きっと学生さんなのだろう。

こんな雪の朝早く、勉強をしている。親が見たらさぞ喜ぶだろう。ガンバレよ。人生は長くて短いぞ、できることをその日にやることを身に付けておくんだ。


長野県軽井沢町でのスキーツアーバスの事故で十三名の若者と二名の運転手が亡くなった。運転手の家族も可哀想だが、娘さん、息子さんを亡くした家族はどんなに辛いだろうか。その哀しみは慰める術がない。人間は哀しみの淵に立つと、まったく光を失う。

なぜ、あの子が？　親はそれを自分のことのように問う。なぜ、あの人が？　恋人や友人も、いたたまれない気持ちにつつまれる。

私は二十歳の時に、十七歳の弟を海難事故で亡くした。その折の、両親の表情、姿、口からこぼれる言葉を今も忘れることはない。大きな体軀の父が、弟の遺体の前にじっと座っていた背中を見て、なぜ、あいつが、なぜ我が家にこんなことが、と何度も思った。

不幸の最中にはいかなる声を掛けても、その哀しみを救える適切な言葉はない。言葉とはそういうものなのである。

時間だけが、それをやがてやわらげる。やわらげるだけで、子を失った親の哀しみは生涯続く。親子とはそういうものだ。しかし哀しみに寄り添うことは周囲の人にはできる。たとえ哀しみの淵にいても、誰かに手を差しのべてもらえたことは、その人たちをささやかではあるが救っていることは事実だ。


あれだけの大きな事故があった翌夜、スキーツアーのバスはどんどんスキー場にむかって運行し、若者はバスに乗り込み、楽しみにしていたスキーにむかう。その映像を映し出すテレビのニュースを上野の居酒屋で見た。

「いいんですかね、これで」

カウンターの中から主人が言う。

「よくはないさ」

「でもあれだけの事故があったんで、親の方ももういいってことで出すんですかね」

「それも違うよ。親は子に連絡して、今は自粛できないかと言うべきだよ。あれだけの同世代が命を失い、哀しみに暮れている家族のことを考えて、自粛はできないか、とはっきり子供に告げるべきなんだ。それが日本人の家族というものの考えだと私は思う」

「それでやめますか？」

「たぶんやめないさ。それでも子供にそれを告げるのが親のなすべきことだ」

亡くなった人の冥福を祈り、合掌したい。

誠実なもの

時折、友から、

「良い文章を書くコツはあるんですか？」

と尋ねられることがある。

「良い、とはどういうふうにですか？」

私が訊き返すと、

「え〜、ですから、悪いものではなくて良い文章ですよ。上手《じょうず》な文章と言うか……」

と曖昧に言われる。

「上手、上手《うま》いという文章はたいしたものではありません。上手という表現には、どこか傲慢な匂いがあります」

「そ、そうでしょうか」

「そうです」

「では、ちゃんとした文章と言うか、きちんとした文章では？」

「はい。ゆっくり丁寧に書くことです。それしかありません」

「……ゆっくり丁寧に？」

「はい。文章であれ、伝言のメモであれ、その文章を書く目的を外さないで、ゆっくり丁寧に書くことです」

「ゆっくり丁寧なら、大丈夫なんですか」

「大丈夫です。姿勢をただして書けば、それで十分です」

「寝そべったりして書かないで？」

「…………」

私が黙ると、相手は顔を見て、ペコリと頭を下げて、スミマセンと小声で言う。

――大人の男が、いちいち相手に詫びなくてはならない言葉を口から発っしなさんな。

それは口にしないが、どんな仕事であれ、大人の男が一日一日なす仕事を、寝そべってする人などいない。

ゆっくり丁寧に書くことは、それが誠実なものへつながると、私は思うのだが、誠実の実体は、正直、私にはわからない。

どんな仕事もそうだが、仕事には基本がある。これをきちんと体得すれば、あとはその人個人のかたち（個性でもいいが）が歳月とともにおのずとあらわれる。あらわれない人は基本を学ぶことを疎《おろそ》かにしたのである。

野球のキャッチボール、バッティングなども一番大切なのは基本である。

華麗なプレー、目を瞠《みは》るプレーは、一見プロらしいが、裏を返せばスタートが半歩遅れていたり、準備を怠《おこた》ったものが大半だ。

ゴルフなどは、その典型で、まず基本を身に付け、ゆっくり丁寧を心がければ、おかしなところへボールは飛んで行かない。

私も六十歳を過ぎて、初めてプロのコーチについた。基本を学ぶためだ。体得できるかどうかはわからないが、やらないよりやった方がいいと思った。

文章の肝心は「簡潔で読みやすい」、この一点につきると私は思っている。

上手と言われる文章がたいしたことがないと書いたのは、上手と言われるくらいだから、他の文章と何か違う色気（意図でもいい）を読んだ人がすぐに受けたのだろうから、そこに、あざといとまでは言わぬが、余計なものが入っているのではなかろうか。

簡潔で読みやすい。

これで十分であるが、それが難しい。そのためには、ゆっくり丁寧、である。

ゴルフの球聖と呼ばれたボビー・ジョーンズも〝スイングはこれ以上ゆっくりはないというところまでゆっくり振ることだ〟と仰っていらっしゃる。

明治の新政府で外務卿（大臣）、内務大臣を歴任した、かつて佐賀の勤王の志士であった副島種臣《そえじまたねおみ》の書は、書家ではないが、書家を凌駕していると言われる。その種臣に屋敷の庭掃除をする人が、きちんとした文字を書けるようになりたいと言った時、種臣は、〝村〟という字なら、まず〝木〟を、これ以上ないほどゆっくり、遅く遅く書きなさい。〝木〟の文字ひとつを書き上げることに集中することです、と仰せられたらしい。

こう書くと、文章のことを尋ねられた私の答えがすべて受け売りだとわかる。

若者はあらゆることを覚える折に、急ぐ傾向がある。それが若いということだが、若い時に何かひとつでいいから、基本を、ゆっくり丁寧にくり返す時間があった方がいい。

そのためには、今くり返しやっていることが、将来何の役に立つのかなどと考えないことである。

ゆっくり丁寧に学んで行けば、己だけのために生きることが、金銭、名誉なども、生きることの脇にあることが見えるだろう。

わかったようなことを書いて申し訳ない。

彼女は静かに笑っていた

甘利明経済再生担当相が辞任した。

記者会見を見ていて、金の授受は別として、TPP交渉の矢面に立った、少なくとも現在の日本の政治家の中で、実務面だけではなく、人間の、大人の男の性根があるように私には映っていた政治家を、今この時期に退任させることが、果してこの国にとって、どうなのか、と思えた。

週刊誌の記事は読んでないが（私、週刊誌の連載はしているが、よほどの記事でないと読まない）、人間を、善と悪の量《はか》りで判断すると、この人が悪の仮面をつけているとはとても思えない。

安倍政権に対する異議は山ほどあるが、国というものは停滞の兆しを見せると、おそろし

い速さで脆弱になるものだ。

首相の任命責任とかを野党、ジャーナリズムは追及し、声高になるのだろうが、私はこの会見を見ていて、今、衆参同時選挙になれば、野党は総崩れになるのではないかと思えた。

――なぜですか？　非は現政権にあるのですから、逆でしょう。

そういう考え方が甘いのである。

これまで安保法制で、社会全体に確実に批判の連帯を生んだのだろうが、私が不思議に思うのは、それでも現政権の支持率が極端に落ちることのない、日本人の精神構造の奇妙さである。

この会見は、安倍政権支持層をより強靭《きょうじん》なものにさせたのではと感じた。

そこに、今の日本人の政治に対する感情の厄介さを思ってしまう。

私の考えが甘い？

まあ見てなさい。野党がどれだけ連帯しても、なぜ現政権ではダメなのか、ときちんと論理で展開できる力量がない。

おそろしいことだが、今の政治家の大半は旧体質の衣を脱ぐ術を知らない。

政治はイデオロギーが第一義にあるが、政権を支えるのは、イデオロギーなどではないのだ。それは歴史を学べばわかる。

政権は、人々の感情が支えるのである。支持は感情なのである。

そこに民主主義の危うさがある。


少し前の話だが、山口県の生家に帰省した折、妹が入院中の女性を一人連れて、我が家にやって来た。

懐かしい目と表情である。

長く我が家のお手伝いをしてくれたサヨである。この数年、体調も崩していたが、それ以上に物事の判断力が弱くなっていた。

「やあ、元気ですか」

私は少しお年玉を渡した。

胸に私の著書をかかえていて、伊集院静さんのサインをして欲しいと言う。

しかしサヨにとって、悪ガキで、ひどい悪戯ばかりをして彼女に苦労させたター坊（私の子供の時の愛称）と伊集院静が同一人物というのは理解できないらしい。

「勝手にサインしていいんですか？」

サヨは心配する。

「いいんだ。伊集院とは仲がいいんでサインの許可をもらってるんだ」

「ああ、そうですか」

返答したサヨの隣りで母が笑っていた。

サヨは中学生の時に我が家へ、すでに我が家で働いていた彼女のお母さんの下にやって来て、中学校へ通いながら、まだ赤児の妹や弟を背負って、母の手伝いをしていた。

家族の一員である。身丈夫な娘で、一度、我が家が全焼した時、サヨはお子さんたちが一緒に歌を歌えなくなると言って、火の中に飛び込み、大きなオルガンをかかえてあらわれて、消防員を驚かせた。

ずっと家族の一人だった。彼女が我が家を出ようとしたのは、街にやって来た美空ひばりを見て、東京へ行ってひばりさんのお付きになるとボストンバッグひとつで駅へ行った時だけである。父にこっぴどく叱られていた。何か困ったことが起きると、子供たちはサヨ、サヨと彼女の名前を呼んだ。

サヨが我が家から遠のいたのは、弟が海難事故で亡くなった時、私がそばにいたのに、と悔んで、家を出た。母がお見合いをさせても、見合い先から電話して、夕食のことや洗濯物の心配をしていた。恋らしきものもあったが相手が酒好きで、酔って川に落ち亡くなった。

サヨの涙を妹は初めて見たと言っていた。私がおそらくサヨに一番心配をかけた。

そのサヨがサイン本の文字を見て、私の顔を不思議そうに見ている。

元気だったサヨは失せて、静かに笑っているサヨ。この女性がいなければ、私はただのゴロツキになっていただろう。

恋

甘利明経済再生担当相が辞任し、石原伸晃氏が後任になったが、今回の職務は大変であろう。石原氏の能力うんぬんではなく、TPPの調印に行くだけで済む問題ではない。

なぜなら日本が高度成長を続けられた最大の要因は、勿論、日本人の踏ん張りもあったが、海外の製品、農産物から日本国内の製品、農産物が何とかやってこられたのは、輸出入品に対する政府の徹底した保護政策により守られてきたからである。

これを一気に組み替え、保護の撤廃を前提にTPP交渉ははじまった。

交渉とは言え、相手は自国にとって有利な条件しか提案するはずはない。相手には撤廃が最上なのである。私は後輩が、交渉の実務に関っていたので、途方もないところから交渉がはじまったのを承知しているが、その途中で、甘利氏が倒れるのではないかと、その顔色を

見て思った。

ともかく合意に至った。

どんな内容か？　これはフタを開けてみないとわからないことが山ほどあるはずだ。

外国の全農産物に対して関税撤廃？　それだって十分あり得る。

どうしてそんなことがって？

今回の交渉はほぼ全権を政府は甘利氏に預けた。しかもその内容は未公開。そうでなければ交渉というものは前へ進まない。

昔、何度か喧嘩の後始末をやらされたが、その時に私が言う条件は〝腕一本切られてもいいと約束しろ〟からはじめた。そうでなければ相手がこちらを信用しない。下手をすればこっちの腕も飛ぶ。その折も、交渉する者同士の口約束というのが必ず生まれた。表には出ないが、これは守ってくれるという奴である。

今回のTPP交渉が合意に達したのは、全権を手にさまざまなカードを見せたり、引っ込めたりして、当然、文書にはできぬが、その件は了承し、自国に伝えて認めさせよう、がいくつもあったはずだ。それを知るのは、甘利氏一人である。これを文書にすれば、当人は売国奴になりかねない。しかしそうしなくては進まなかったはずだ。ところが甘利氏が消えたことで、相手は口約束までなかったと平然と言ってくる。どの国でも政治家と役人は、身の保全と寝返りは得意技である。合意は驚く内容かもしれぬ。

これを後任者が、甘利氏の仕事は自分の責任ととらえられるかである。身の保全と寝返りを最優先させぬことだ。

私が思うに、罪は罪であるが、取り組んだ仕事をケースによって最後まで完遂する政治家の権限があってしかるべきなのではないか。そうでなければ、少し前、自民党が政権を失うとほぼ決定した折、当時の沖縄担当だった大臣が、この問題は大臣のうちに解決しておかれては、と問われて、「どうせ政権が変わるんだから、放っておきなさい」と言ったとか。この程度なのである。


ベッキーという（本名は知らない）女性タレントの記事を少し読んだ。

感想としては、猫も杓子も少し彼女を叩き過ぎである。今は猫杓《ねこしゃく》どころか、シラミ、尻《ケツ》の毛のごとき輩までが叩いている感がある。

この娘さんとて、人の子である。親もあれば、おじいちゃん、おばあちゃんもいるはずだ。孫があんなふうに言われて、おばあちゃんが可哀相だと思わんのかね。

記事を読んだが、別にこの娘がミサイルのスイッチ押したわけじゃないんだから。

独り身の娘さんが好きな人に惚れて、すると相手も好意を持ってくれて、娘さんが初恋だったかは知らぬが、恋がはじまれば、そりゃ仕事より楽しいし、嬉しいでしょう。途中、相手が家族がいると打ち明けた。えっ！ ならバイバイよ、では恋じゃないでしょうが。悩んだに決ってるし、迷ったのも当然だが、そこは恋で、相手が君のために独りになる、とでも言い出し、実家に来てくれと言われれば、そりゃ行くでしょう。まだ世間を知らないし、何しろ目の前は恋の輝きだよ。そこでやめるのが常識なら、進むのも恋の常道でしょう。信じることを最優先させたんでしょうが。発覚した。驚いた。騒ぎになった。そのくらいで消える恋の火なら、とっくに消えてるでしょう。〝ありがとう文春〟？ 恋する人がそう言えば合わせるのが健気《けなげ》というもんでしょう。別に世の中舐めてのことじゃないでしょう。

以前、この娘さんが恐怖症で引き籠もる犬二頭を一年以上世話しているテレビ番組を見たが、私にはいい娘さんに思えた。その一点を私は今も信じている。ガンバレ、ベッキー。だいたいシラミも毛も自分のこと忘れて言い過ぎだろうよ、君たち。

許せない

このところおかしなことが続いている日本のプロ野球について少し書こう。

二〇一五年の十月に発覚した巨人軍の選手三名が野球賭博をしていた件。二〇一六年三月あらたにもう一名の選手が野球賭博をしていたことを告白した。この件で現役選手と関わった二名の一般人の存在もあきらかになった。私は選手とこの二名の人物の賭博の構図に疑問を抱いた。新聞記事には、仲間内の遊び感覚で野球賭博をしたように書かれていたが、これは一般人の発想ではなかろうと思った。

なぜか？　野球賭博は他のギャンブルと違って特殊性を持ったギャンブルだからだ。野球の試合をピックアップし、その勝敗を賭けさせ支払いを引き受ける（相手が負ければ、勿論金を請求し、受け取るのだが）というギャンブルの組み立てを考えるのは、一般人の発想ではな

い。

少しギャンブルをしたことのある人、興味がある人なら考えてみるといい。人と人が何かを賭ける時、たとえば空にむかってゲタを放り投げ、地面に落ちたゲタが表になると一人が予想すれば、もう一人は、じゃ自分は裏に賭けよう、というのが対人の賭けのかたちである。相手が賭けたもの以外の結果はすべてもらう、というのは胴元の発想である。しかしゲタは表と裏しかない？　問題はそんなことではない。仮にもう一人が加わって、その人は裏に賭けると言ったとする。それも引き受ける。二名が五名、十名でもかまわない。あの賭け行為が発覚していなければ、今頃、仲間の数は増えていたろう。しかもその中に高給取りの選手が加われば賭け金はあんなものでは済まなくなる。そういう可能性を含んでいたのである。さらに重要な点はいずれも投手であった点である。野球を敗戦に導けるのは投手しかいない。

次に〝声出し〟での賭けの問題だが、これを内輪だけのゲームと捉えると、そこに大きな看過《かんか》（見過ごすこと）が出る。その上、五千円、千円を多寡《たか》（金が多い少ないこと）として考えると重要な間違いになる。賭け金の多寡については、二十三年前に国会で問われ、その夜の飲食、場代を負けた人が支払う範囲なら許されるとし、これが賭け麻雀の許容額になった。しかし麻雀と根本として違うのは、員数である。野手十六名に投手十二名。ほぼ三十名近い数の人が賭けに加わっていれば賭博以外のなにものでもない。一般の人でギャンブルをする人は十人中、二、三人である。全員がそうしたことは賭けへの強要があるが、それはここでは置いて、一番重要なのは、試合直前に、その試合の勝ち負けを賭けたことだ。

選手は試合に勝つために懸命だ。誰も負けようとしている選手はいない？　そうだろうか。数試合はそうかもしれないが、百試合目もそう言い切れるのか。選手はそんな奴はいないと言い切るだろう。それは人間というものを甘く見ていると私は考える。可能性がないと言い切れないものに、試合直前に勝敗を賭けた点に、プロスポーツ選手としての厳正、かつ真摯な姿勢が欠落しているのである。

遊びですから？　遊びはグラウンドの外でしろ。神聖とまでは言わぬが、それに近いものをグラウンドで見たことはないのか。

以上が私の今回の騒ぎの見解である。

おかしいと思っていたことをもうひとつ書こう。

ショーン・Kと名乗る人物の経歴詐称が発覚した。

私がこの人物を初めてテレビ画面で見たのは一年くらい前で、彼が話をしている様子を見て、隣りにいた家人に言った。

「おかしくないか、この男。なぜこんな低い声で話し、しかも目の感じ、鼻が日本人にしては高過ぎないか。こりゃかなり変だぞ」

「ハーフだと聞いたわ、人気が出てるって」

「この話し方がか？　大人の男はこんな低音だと聞き取り辛いだろうからと止めるだろう」

或る夜、ニュース番組に出演し、古舘伊知郎と経済問題の話をしていた時、この人物がハーバード大学のＭＢＡを取得していると古舘が口にした。去年、丁度、私の友人の孫が東大進学を選ばずハーバード大学を受験しており、その難関なテストの方式と、懸命に勉強し合格した孫に感心していたから、……この男がそんなに優秀とはとても思えないが、と首をかしげた。聞けば経済の話もおかしい点があった。それを古舘はごもっともという顔で聞いていた。何かおかしい？

結論を言わせてもらうと、この人物の正体を見極められなかったすべてのキャスターは番組を下りるか、きちんと謝罪をすべきなのではないか。極論？　見ていた人間はどうなる？もし有料の講演などをしていたら犯罪だろう。犯罪の片棒を担ぐというのはこういう時に使う日本語ではないのか。

第四章
君が去った後で

逢いませんように

四月上旬、上京のため新幹線に乗った。

席に着くとすぐに外を眺める。私は流れる風景を見ていて飽きることがない。景色を眺めたり、さまざまなことを思ったりする。

天気も良く、あちこちに満開の桜が見え、東北も桜が多いのだ、とあらためて思った。そう言えば青森、弘前城の桜が見事らしい。らしいと書いたのは、桜が苦手だからだ。あんなもんの下でよく酒が飲めるものだと首をかしげる。

新白河駅を過ぎた左手に、数本の桜木と一本の柳の木が見えた。新緑になった柳が春風に揺れて美しかった。

柳の木が好きである。見ていて気持ちがイイ。葉の匂いもイイ。幹の肌ざわりもだ。

カメラマンのM澤君に連れて行ってもらうEポイントゴルフクラブの1番ホールのグリーン横の柳もなかなかのものだ。

滋賀の湖北町だったと思うが、田園の中に一本だけ聳《そび》えていた大柳は圧巻だった。柳は一本がよろしい。孤愁が似合う。

柳の並木も悪くないが、今でこそ少なくなった銀座の柳の並ぶさまは、大半は木がやせて、大箱のクラブに居並ぶヘルプのホステスさんみたいで、夏前には居なくなるナ、という感じがする。

今も元気な柳もある。おそらく商店主が大切にしてるのだろう。そういう柳は、ヘルプから正規、そしてチーママまで踏ん張って来た感じかもしれない（銀座のクラブの話、わかりませんよね）。

豊橋、前橋にも柳が多く風情があった。どちらも競輪で訪ね、オケラで眺めたから、風情を感じたのかもしれない。風情なぞと言うものはそんなものだ。

銀座には〝柳〟と言うクラブもある。店の題字を書かされ苦労したが、店は結構流行っている。和風スナックみたいでナカナカダ。

柳にはツバメである。実際、この季節、ツバメは揺れる柳の葉に戯れるように低く飛ぶ。

ツバメが遊んでいる姿を見ると思わず口元がゆるむ。カエルが垂れた柳の葉にむかって飛び跳ねるなんて絵柄もある。我が家のバカ犬、ノボのようだ。

柳の下は幽霊である。柳の下で見たことはないが、海外でも柳、WILLOW《ウィロー》は幽霊、精霊のイメージと重ねる文章をよく読む。

テームズ河を船で旅した時の河畔の柳も美しかった。水面に葉が触れそうになる姿、水に映る葉色も見事だ。モネも、それを半年近く描いて名作を残している。

柳ユーレイというタレントさんがいるが、イイ芸名である。一度聞いたら忘れそうにないと言うのもあるが、それ以上にイメージにひろがりがある。どこまでやってもユーレイというのがイイ。たけしさんの勘はたいしたものである。その柳ユーレイさんが北野武作品に登場していたが、ぼんやりした感じがとても演技に見えなかった。演技が上手いと評判の役者の演技は、見ていてつまらないし、奥がない。それは文章も同じである。名文は浅い。駄文はもっと浅く、怖いし、愚かだ。しかし愚かは徹すると、他のものを圧倒する（何を書いてんだか）。

経済の動向なんかの話でテレビに出て来る専門家の半分以上が、生命保険会社か証券会社の所属というのはあれは何なのか。生命保険会社に身を売って、日本経済の行方を堂々と話す。それを信用するのがわからない。株屋のおかかえが話す景気の動きを本当に投資家は信じているのだろうか。

私の生家にも柳があった。大きな柳で〝オバケ柳〟と近所の人は呼んでいた。

秋に台風が来ると、枝が、葉が、風に振り回され、人間の悲鳴に聞こえた。大風で木が倒れるとイケナイので、家の若衆がノコギリを手によじ登り、枝を落した。一度、若衆の一人が木から落ちて気絶したのを見た。

「死んどるのか？」

少年の私と弟が若衆たちに訊くと、

「息をしてなきゃ死んでるでしょう」

と笑って言われた。

死んで化けて出て来たら、柳ユーレイか。

銀座の柳の下に花売り娘（すでに娘ではないが）が立っているのを見かける。銀座が仕舞う時刻には花の値段が半値以下になる。

「伊集院さん、待ってたわよ」

——約束しちゃいないって。

酔っ払って、翌朝、目覚め、花の多さに、とうとう入院したか、と思う朝がある。
さて日も暮れた。ナカ（銀座）へ入るか。
今夜はどうか、柳の下の娘に逢いませんように。そう念じると逢うんだな、コレが。

大人のやさしさ

去年（二〇一五年）の暮れの話だが、朝方、仕事が一段落着いたので外の空気を吸いに庭に出ると、雪が舞い降りていた。芝生も白くなっている。

「おう初雪だな（今年の冬の）、ノボ」

犬も雪をじっと見ている。

「君、これで何回目の冬かね？」

この頃、日本語がわかるのか、白い芝生の上を前足で器用に〝十五〟と……、書くわけないか。

仙台に移って二十年以上になる。土地の言葉にも少し慣れて、編集者の電話にも、

「原稿はまんだ上がらねぇっす。もう一日もらえると、まんず助かんだが」

なんて言わないか。

バカ犬は小便をし、後足で雪を蹴っている。これは何の為にやるのだろうか。清潔な犬なのだろうか。新聞を取って、競輪の様子を見て、少し休むことにした。午後から上京だ。目覚めると正午、バカ犬の姿はすでになく、お手伝いさんの家にお兄チャンと昼寝に行ったらしい。

あの犬に少し話しておかねばならないことがあったが、何の話か思い出せなかった。

上京後に聞いたが、私の突然の上京に、ノボは逆上し、その日は夜まで飯も拒否して、東京にむかって吠え続けていたらしい。

今は？　私のこともとっくに忘れて、元気に飯を食べ、腰を振っているそうだ。

犬も、人間も、どんどんいらぬことは忘れて、次にむかうのが正しいようだ。〝追いかけるな〟ってことか。正しいこともあるか。

新しい年を迎えると、大半の人は、今年こそはと、数日思うそうだ。

この数日というのがよろしい。

その証拠に市販されている日記帳の大半は桜が咲く頃には、どこに置いたかわからなくなるらしい。

私はそれでいいと思う。あまり決意、覚悟、必死になると周囲に迷惑をかける。人に迷惑をかけるのが一番イケナイ。

年に一度、年の瀬に逢って飲む仲間がいて、その中にHがいる。私と同じ歳だ。

その飲み会の幹事をしてくれている後輩から連絡が入った。

「伊集院さん、今年の暮れの飲み会ですがHさんどうしましょうか？」

「どうしますって？　Hは体調でも悪いのか」

「いや、そうじゃなくてますます元気で困っています」

困っていますで、後輩が何を心配しているかがわかった。

Hは名うての酒乱である（私に言わせればたいしたことはないんだが）。

酒が入ると、手当り次第にからみはじめるし、毒づく。相手を選ばない（見ると選んでいるんだが）。仕末に悪いのは、手を出す。じゃ剛の者かと言うと、最後は店の者におさえ込まれるか、警察が来たりする。

その会はH以外は皆常識があり、おとなしい。Hが乱れると、皆それだけに対応し、飲み会がおかしくなる時がよくある。

私は後輩の言いたいことを無視して、

「元気なら顔が見たいな。何か問題があるのかね。年に一度しか逢えないんだぞ」

「……わかりました」

翌日、その飲み会のメンバーの一人から連絡があり、今年はHを呼ぶのはよさないか、と言う。相手は二年前、Hに店の看板で殴られ病院へ行った。

それで幹事と三人で逢うことにした。

「あいつはダメだ。何度注意しても、飲む前から暴れようとしてやがる」

「自分もそう思います。言いませんでしたが、去年の暮れ、最後、私がHさんをタクシーに乗せて送りました。私の家に寄りたいと言うので家に上げましたら、女房と子供二人を起こして、さんざバカ呼ばわりされたんです」

私は後輩を見て言った。

「言わないと思ったことなら、なぜ今になって言う。Hによかれと黙っていたのなら最後まで黙ってはおけんのか。それを俺が耳にして何かあるのか。Hは皆の友人だぞ」

二人とも不機嫌になった。

「じゃ言わしてもらうが、これは二十年近くやってる飲み会だ。Hも毎年出てくれる。もしだぞ。もしあとになってHだけを呼ばなかったことを彼が知ったら、あいつはどう思うよ。辛いどころじゃないだろう。友に辛い思いをさせて、おまえたちは、その夜酒が美味いと思うのか。殴られたおまえとて、今はピンピンしてるじゃないか。人知れず友に切ない思いをさせることが大人がやることか」

私は友とはそういうものだと思う。

去年の暮れは、私が頭をどつかれた（もう本当の酒乱かもしれない）。

今年はHには遠慮してもらおうかナ。

皆さん、新年会は酒乱にご用心を。

悔やんだ時には

雪はまだ降っては来ない。

——何だよ。たいしたこっちゃないじゃないか。

週末、ゴルフへ行こうと準備していたら、

「木曜日は間違いなく雪ですよ」

と言われた。

——えっ、嘘でしょう。

普段から品行不良であるから罰が当たるのはわかっているが、よりによってこの日だけ降らなくてもよいではないか。

この頃、天気の予測に関して、素人までもが、あっ、その日は雨だから、とか、ダメです

よ、その夜は白いもんが落ちるから、とかまるで、それがあらかじめわかっている事実のごとく話す。その辺りの素人がですよ。

――オイオイ、オマエさんは気象庁に親戚か何かいるのか。

なぜ素人がヤケに天気に詳しいような口振りになったかを考えた。それで今日の雪を前に、どんなふうにテレビやラジオが雪の予測をするかを見ていたら、これがテレビに出て来る気象予報士という輩の、態度がデカイし、使っている日本語が出鱈目だし、姿、かたちを見てもセンスが良いのがほとんどいない。いわゆるバカな集団である（男も女もである）。

何がヒドイかと言うと、この連中は根本を間違っている。まず口のきき方、その態度がおかしい。

「明日は降ります。それもこの間くらいの雪じゃない」

――オイオイ、オマエさん、気球にでも乗って眉毛凍らせて雲の上から様子を一度でも見て来たことがあるのか。

やってることは、朝テレビ局に来る途中で送ってきたレポートを読んでるだけだろう。

これまで人生の中で一度とて、自分で現場へ行ったり、何日も物事について考えたことなどないことは男も女も顔を見ればわかる。

このところ週末に天気が崩れるのはすべてこの連中のせいに違いない。

先夜、湯島の天神下へ肉を食べに行った。

友人が体調を崩したというので、薬を飲んでも今ひとつなら、食べもんで治してみたらどうだ、と参鶏湯《サムゲタン》を食べに行った。

大酒呑みが目の前のビールでさえも半分残してヒナ鶏の腹にナツメ、朝鮮人参、モチ米の入った料理を黙々と食べている。

妙なもので食事が終る頃は顔色も良くなったように映った。

その店の女将が私に言った。

「そう言えば、先日、テレビを見ていたらカルーセル麻紀さんが、子供を鮨屋へ連れて行くべきではない、と作家の伊集院さんも言っていた。ましてや鮨屋で子供が走り回るのは許せない……と言ってましたよ」

「女将さん、その話は誤解があるよ。私は夜の鮨屋へ子供連れはいけない、と言ったんだ。子供だけじゃない。若い娘さんも夜の鮨屋へ行くのは慎めと言ったんだ」

社会にはルールがある。

そのルールの大半は学校の教科書には載っていない。親から子供へ、年長者から後輩へ伝える、男のルールと女のルール、子供へのルールがある。妊婦を大切にするのは男も、女も、子供もない。すべての人が、その女性を守るのが基本だ。

電車の中で化粧したり直したりしてはならないのは、女たちが娘へ教えるルールだ。

「なぜそうしちゃいけないの？」

みっともないからだ。みっともないという行為は、その人の生きる姿勢にかかわる。

「生きる姿勢ってオーバーでしょう」

オーバーという日本語はない。〝言い過ぎ〟か、少し乱暴だが〝大袈裟〟と使うのが日本語で、オーバーとは日本人は言わない。まあそのことは本題と関係ないので置こう。

電車の中で化粧をしたから、すぐに生きる姿勢がおかしいと言っているのではない。

みっともない行為を平然とやっていれば、他のみっともない行為を平然とやる人間になってしまうということだ。ましてや、電車で化粧をしている娘を見た同じ車輛に乗った大人たちは胸の中でつぶやく。〝いったいどういう育て方をされたのだ、この娘は〟。親が恥をかくことになる。

親に恥をかかせることはしてはいけないのである。これは基本中の基本である。ところが人の大半はそれができずに、あとで（何十年も先だが）悔む。悔んだ時、親はこの世にいない。そのくり返しが世間である。

なぜなのか

人類は、ものをいかに使うか、という発想が起こった瞬間から、他の生き物（こういう言い方は申し訳ないが）との決定的な差異が生まれた。

いい例が、火である。

人類誕生の時、地球は氷河期を迎えていたから、火を使うことでの〝暖〟はおそるべき発見であったろう。

狩りで得た肉を焼いて食べたのは、近代のことであり、どう焼くかは、八重洲口の〝ステーキ・シマ〟の主人に訊いた方がよかろう。

〝使う〟発見の、発想は〝工夫〟である。この〝工夫〟がやがて、ものを作る、という画期的な、創造へとむかう。

人類が、ものを作りはじめた時、その効果、有用性を含めて、次のあらたなる創造へ連鎖して行った。

その創造の根本には、〝生き続けるため〟という、勿論、古代人にそういう観念があったとは思えないが、必要に迫まられて、ものは次々にかたちになったのである。

乾期になれば水がない。なのに雨期になればあり余るほどの水が降る。器のすべてがそうでないにしても、水の器は自然と出来上がったのである。

ものは生きるために必要だった。

〝狩り〟は哺乳類の生命線である。

〝斧〟は人類がこしらえた、おそらく武器の起源であろう。

マンモスは落し穴かどこかに追いつめるしかなかっただろうが、イノシシ、シカ、ブタ等は〝斧〟の発見、創造で格段の捕獲技術を上げた。

〝斧〟でも、〝矢じり〟でも良いが、或る時、それが自分たちのテリトリーを犯す他の集団(つまり人間ですな)にむかってもこれを使えば、死にいたることを人類は覚えた。これが人と人が戦うはじまりに使われたものである。

どうして、そんな同類の生きものを死傷させたのか。

これは本能である。太古発見された埋葬の半分近くが、骨に傷を負っている。

これを統計的に見ると、人類は人を殺《あや》めることを平然とする生きものであったことになる。

武器はそうであるが、人間がこしらえたものの大半は〝生き続ける〟ために生まれているのも事実である。

妙なことから書いた。

この季節、ノーベル賞が話題になるが、ダイナマイトを発見、作ったノーベルの憂鬱は、これが第一次世界大戦で使用され、それまでの十倍以上の死傷者が、戦争によって生まれたことであった。

要は使い方であろうが、それは〝斧〟と同じである。

ダイナマイトはダム、運河、道路、などの工事に格段の効力を発揮し、たちどころに完成させるにいたった。人間が生み出す発見は、常に〝両刃〟を持つのだ。

要は使い方である。

ところが近代は、最初から人を殺戮《さつりく》させる目的で創造されたものを生み出した。

〝近代の武器〟がまさにそうである。

中国は、二〇一五年の夏、大パレードとして自分たちの持つ武器を世界に見せ示した。何も中国だけがしたことではない。アメリカは、昔、同じように国家の威勢を見せるためにパレードをして来たのである。ロシアは勿論である。イギリスも、フランスも、ドイツも他の国々も同じことをして来た。

日本も総理大臣が総見をして陸、海、空の自衛隊が、その力をパレードしたが、世界から見ればその武器の総量はたかが知れている。

自衛隊は攻撃はしないから、迎撃としてのパトリオットミサイルは十分に補強しようとつとめている。おそらく三発のミサイルが日本にむかって発進されて、その百倍のパトリオットミサイルで迎撃しても、一発も当たることはなかろう。実戦とはそういうものである。

「日本がどこかの国から攻撃されることはないでしょう?」

これまではそうだった。その可能性が多いように思えた。

ところが今は違う。

「なぜですか?」

それは長く守り続けた武器輸出の三原則を平然とやめたからである。

武器は、持てば必ず使いたくなる。それが軍人、技術者である。

歴史を少し学べば、武器を製造した町は必ず襲われている。

今の政治家は、歴史を学んだことがないのだろう。

情

一日中、春の雨が降っていた。

私は東京の常宿の部屋で、雨音を聞きながら横になっていた。

ひどい二日酔いだった。

前日、東京の銀座の友人たちが、ゴルフコンペを開催してくれて、早朝から出かけ、夜は夜で食事、クラブ活動になり、最後は誰かの家で、昔馴染みの女性陣四人にシャンパンか何かを注がれていた気がする。

人さまの家へお邪魔するということをまずしない自分が平然と十数年振りに逢った女性たちに酒を注いでもらっていたのだから、それは酔っておったに違いない。

よく無事に戻れた。目が覚めたら片方靴を履いとるくらいたいしたことではない。

朝、昨日の幹事をしてくれたK健君から、

「失礼はありませんでしたでしょうか」

と電話で丁重に挨拶されて、

——もしかして、ワシは何かやらかしたか？

と訝《いぶか》るが、あとの祭りであろう。

礼を言って電話を切り、バスルームへ行くと、オヤマアという形相の上、何かズボンがゆるいと思って尻に手を回すと布地が裂けてパンツが見えている。

——何をしたんだ？　この極楽トンボは。

新聞小説だけを書いて送り、カーテンを閉じ、また横になった。天井が少し回っているが、この程度は仕方あるまい。

電気を消し、目を閉じると、ヤケに目と、鼻と喉の奥が痒い気がする。

——なんだ、なんだ、吐くのか……。

そうじゃない。灯りを点けて鼻を擤《か》む。

——おかしいな……。あれもしかして。

やはりそうだ。花粉症が出たのだ。

そう言えば、昨日、ゴルフコースでキャディーさんが鼻をクスン、クスンとしていて、風邪でも引いたの？　と訊くと、いいえ、花粉症です。今年は例年の倍らしいですよ。伊集院さんは大丈夫なんですか？　いや、私、今年は大丈夫だね。もしかして体質が変わったのかもしれないナ。これはイイ。花粉症が治ったぞ、と笑っていたのを思い出した。

――体質が変わるわけないか。

少し太った。そんなことこれまで一度もなかったが、運動不足もあるが、もしかしたら煙草の量を減らしたのが原因かもしれない。

毎日、百本、四十数年ともに過ごした煙草を、今は十日で一本くらいに減らした。

三、四ヵ月前、心臓の調子がおかしくなり、夜半、こりゃくたばるかも、と朝までじっとしていた。それで検査が終るまで煙草を遠ざけた。検査もだいたい大丈夫で、最後のあたりの検査は、検査をする女性を怒鳴って帰ってしまったくらいだから、大丈夫なのだろう。

吸うのをやめたわけではない。机の隅にあると、時折、手にするが、原稿の締切りが連日で遊んでる暇がない。時折、吸う。それは永年つき合ってくれた情の深い女みたいなもので、こちらの都合で離縁するというのも勝手過ぎるだろう。

煙草は美味いものである。

その美味いものに手をつけないのは、男らしくていいかもしれない。煙草をふかしていないと、夜のクラブでもすぐ眠むくなる。それはそれでいい、とさっさと帰って寝る。そんなことしてたら、そりゃ太るわナ。

今、体重を計ったら、オッ、元に戻っている。やはりほとんど食事をしないで酒ばかりを飲んでいると太らないのか。

忙し過ぎて、世間がよくわからぬが、イギリスから三人の少女が「イスラム国」の組織にむかったとニュースがあった。

ニュースで見る限り、ある程度、裕福な家で育った少女たちなのが服装やバッグで一目でわかる。学業も良かったという。

さて、これはいっときのファッションと考えるか、そうではなくて彼女たちの人生観にかなうものがそこにあると見えたのか。

実際の戦争が、人が殺し合うことでしかないのを教えなかったわけではなかろう。

女性たちが立ち上がると、戦争は本物の戦いになり、しかも悲劇を迎える、と昔から言われている。「イスラム国」と有志連合のどちらの宣伝材料になるのか。一ヵ月後には間違いなく象徴になる。おそろしいことだ。十五、六歳の女の子ですぞ。

見えないもの

『昭和天皇実録』（東京書籍刊）の一、二巻を読んだ。興味深い本であった。

三日間で約千四百ページを一気に読んだのだから、この書の内包する力がよほどのものであったのだろう。

明治三十四年四月二十九日の一人の皇子《おうじ》の誕生からはじまる昭和天皇の実録だが、日本という国家の時間の流れが生々しく感じ取れるのに驚いた。

歴史を学ぶことは、自分を見ることである。歴史を学ぶ、見つめることが、自分を見る？　すぐに理解できない人は、少し考えればわかる。生きるということは歴史の中に立っていることなのだ。

昭和天皇は体重八百匁《もんめ》、約三千グラムで誕生されたそうだ。健康な赤チャンだった。

本の二ページ目に〝御産調度〟とある。これは皇子の誕生に際して、あらかじめ準備された皇子の持ち物と言ってよかろう。

―御誕生に先立ち、耕作図屛風六曲一双・松鶴図小屛風六曲一双・御風呂先屛風二双（おそらく皇子の入浴時に使われるものか）・日之出に松鶴之図一幅・剃刀二挺・毛受一個・守刀一口・御守袋一個・蒔絵硯箱一個・桐簞笥二棹・桐長持二棹・爪取鋏二挺・御紋附銀匙二個・火鉢一個・春慶塗網張戸棚一個・蚊帳一張・御枕蚊帳一張・小御枕蚊帳一張・格子あかり一個・丸行灯一個・犬張子一個・御衣桁一個・天鵞毨一枚ほかの御道具が準備される。なお、守刀は式部職刀工宮本包則の作にして、錦袋・桐箱に納められ台の上に置かれる―

驚いたでしょう？　一人の皇子の誕生前にこれほどのものが準備されていたのは、この時代、この赤児以外にはいなかったろう。

金や銀の匙《さじ》をくわえて生まれた子供の話を童話では聞き、ヨーロッパの王族の王子誕生に際して、宝石、刀剣、楽器などを揃える記録を読んだことがあるが、これほどではない。祖父で当時の天皇である明治天皇、まだ皇太子で父親である大正天皇の期待のほどがうかがえる。

一巻の終りは大正二年十二月で、すでに皇子は十二歳である。十二月二十九日は小田原御用邸で昼間は運動をされ、夕刻、夕陽を見られた折か、側近に、将来「博物博士」になりたいと希望を洩らされたとある。皇子の夢がかなわなかったのは日本人なら知っている。二巻では欧州王族との交際のため、ゴルフを習って、楽しかったのか進んでプレーをしている。初打ちは赤坂御用地の皇子御殿の中だった。少年から青年へ至る時間が刻明に記されてあった。読んで文章の行間から、実録を書き留めた人々の、昭和天皇に対する畏敬の念、つまり愛情が伝わってくる。

値段も、これほどの質と量で廉価である。

もう一冊、本の紹介をする。復刻本だ。『菜根譚《さいこんたん》――世俗の価値を超えて』。野口定男著、鉄筆文庫。『菜根譚』は中国の古典で、前集222条、後集135条からなる、人との交わり方、自然とのかかわり方、愉しみ方を書いた洪自誠の思想書である。〝菜根は固くて筋が多いがよくかみしめてこそものの真の味がわかる〟という考えで題名になった。

この中国の古典を、日本の中国文学者、野口定男が現代人にわかり易く訳し、人生の役に立つべく出版された。

野口定男は私の大学の先生である。さらに言えば野球部の顧問であった。私が上京し、最初に授業を受けた先生である。私は野球部に所属し、朝から晩までボールを追いかけていた。学部は？　と訊かれると、野球部と答えるありさまだった。そんな野球部員に先生は〝いいですか。人生は野球をやめてからの方が長く厳しいのです。そのためには学問をきちんとしておくことです〟と折につけ話された。部員の半分が、また顧問が学問の話をしている、と笑っていた。

私は野球部の中で数少ない文学部にいたので先生と何度か話す機会があった。

「孔子の〝論語〟を学びたいとありますが、何か特別あるのですか」

「いや別に、それしか中国の人は……」

「〝史記〟、司馬遷をぜひ読みなさい。歴史を学び、見ることは自分を知ることとです」

同期でジャイアンツに一位で入団したYもプロ入りの報告に行った時、大学で学んだことを忘れないように、とだけ言われたそうだ。

復刻された『菜根譚』は現代人があらためて生き方を考えさせられる上質の内容だった。

私は野口先生に教わったことを誇りに思っているし、今になって司馬遷を学び直している。若い時には見えないものが多いものだ。

幸せな時間

先日、屋形船に乗って花火見物をさせてもらった。

友人のTが銀座の酒場で言った。

「伊集院さん、花火に行きましょう。屋形船を予約しときましたから」

――ほうっ、屋形船か……。

「一杯飲みながら二人でやりましょう」

――そんな二人乗りのちいさな屋形船があるのか。

よくよく聞けば、二十人はラクに乗れる屋形船だった。

「そりゃもったいない。行きたい人も呼んでやった方がいい」

銀座の酒場で、その話をするとクラブ活動のお嬢さんたちが、こぞって手を挙げた。

花火見物が近づくと、少しずつ詳細がわかって来て、花火が上がるのは夜の七時過ぎからで、屋形船は四時に浅草橋の船着場を出発するらしい。船着場から隅田川の見物場所までは船で十五分足らずで着く。なのになぜそんなに早く出発するのか。どうやら見物する場所を取るのが船の到着順らしい。

——三時間も船の上で待機するのか。大丈夫かな。川船とは言え、隅田川は大河である。大学の野球部を退《や》めて、実家からの仕送りが止まり、隅田川沿いにある木賃宿に数ヵ月居たことがあった。夜、狭い寝所で横になると、川水の流れが地響きのように背中と、耳の奥に聞こえたのを覚えている。水の流れる音は恐怖を感じさせる。

ガキの頃、父は海で泳ぐ分には何も言わなかったが、川へ泳ぎに行くと知ると、

「流れの速い場所で絶対に泳ぐな。雨が少しでも降って来たらすぐに陸へ揚がれ」

と厳しく命じた。

子供の身体なぞ川の本流に持って行かれると、あっ、と言う間に呑み込まれる。足が届く瀬であっても危ない。

毎年、何人かの人が犠牲になった。

川は真水だから、海の塩分を含んだ水と違って浮力がつかない。その上、ひと雨来れば三十分もしないうちに水量が増す。鉄砲水など大人でも助からない。

東京に来て、最初に驚いたのは、泳げない者がすこぶる多いということだった。銀座のお嬢さんたちは泳げるのだろうか。

間違って転覆でもしたら、どうなるのだろうか。全員救助するってわけにもいかない。全員救命胴衣を着て見物させるか。しかしそれも風情がない。

Tは泳げるのだろうか。やはりTを救助するのが友情というものだろう。

そんなことを考えながら、当日になった。

十数名のお嬢さんが浴衣姿であらわれた。

なかなかいいものである。

転覆したら、すぐに浴衣を脱いで泳ぎなさいと言うべきだろうか。

ところが船に乗り、見物場所へ碇《いかり》を下ろすと、Tが用意した上質な酒、シャンパンで、乾杯、となった。食事も馴染みの店から運んで来ていた。たいした振舞いである。

「乾杯！」

「玉屋」（まだ花火は上がってないから）

「このステーキサンド、最高。こっちにシャンパンもう一本」賑やかだったのは、最初の十五分間だけだった。ほどなくお嬢さんたちがおとなしくなった。

船は碇を下ろして停泊しているが、隅田川の流れは強靱だから、エンジンはかけているが屋形船は流される。碇で止まるが、その時グラッと揺れる。すると船頭は川上にむかって船を少し動かし、また流されて、グラッ。

ほんの十五分で、浴衣の美女たちは押し黙り、顔は蒼くなり、やがて口をおさえてトイレにむかう。しばらく出て来やしない。トイレの前に並んでいる。出てくれば裾ははだけてスカーレット・オハラ状態である。

案外と立派な太股《ふともも》をお持ちで（何を見てるんだろうね、この作家は）。

一時間もすると時間を持て余し、カラオケを歌いはじめた（ヤレヤレ）。

私に気遣ってか、マッチのギンギラギンや愚か者を銀座の男たちが歌うのだが、屋形船が揺れるせいか、こんなに音程が外れた歌を聞くのは初めてだった。よくまあ作詞家当人の前で歌えるもんだと呆きれた。

花火が上がる頃には、グロッキーだった輩も顔色が良くなり、船の屋根で、玉屋、鍵屋と威勢もよくなった。

花火と桜が苦手なのだが、とうとう最後まで言えなかった。立派な太股を拝めたので善とすることにした。

Tよ、贅沢させてくれてありがとう。

苦い酒

師走に入る前日、仙台にむかった。

車窓から見える雨雲は濃く、重そうな鉛色で、眺めているうちに、三十数年前に訪れたアイルランドのダブリンの冬の空に似ている気がした。まだアイルランド紛争の煙りが匂う頃だった。

北から南へむかう旅であったが、北アイルランドのベルファーストでは、街の人々の目の色が違っていた。街中を走り出しただけで、銃で撃たれそうな気配だった。実際、そうしてみれば少なくとも警察がすっ飛んで来て、縛り上げられ、数年は消えない痣《あざ》が身体に残ったであろう。街には死の危機があった。

紛争地とはそういうものである。

古いちいさなパブに入り、同じ歳の男たちと話した。突然、酔った青年にからまれた。

「何をのこのこの街へ来たんだ？」

私はアイルランド人なら誰でも知っている或る作家の取材だと話すと、相手は大声で、

「そんなことをして何になるんだ？」

と怒鳴った。

かたほうの老人がとりなした。

「あいつは母親と妹を殺されたんだ」

私はホテルに戻り、ウイスキーを飲みながら、窓の外を見ていた。軽機関銃を手にした警察官がパトロールをしていた。

苦い酒だった。

翌日、ダブリンに着くと、街の様相は一変した。死の気配がまったくなかった。ディスコではハードロックを一晩中響き渡らせ、若者は北とはまったく別の目をして踊っていた。

東北大震災の折、死の恐怖を感じたのは、当日の夕暮れ、余震が続く中、建物がきしむ音とともに、手動式のラジオで聞いた海岸を飛ぶＮＨＫのヘリコプターからの災害被害の実況中継だった。

「街がすっかり消えてありません。街がありません。海岸に見えるのは被害者の方々でしょうか、いったい何人の……。無数の被害者の様子が見えます」

アナウンサーも興奮していたのだろう。

我が家から十キロ離れていない場所に夥しい数の死体がある……。その状況の只中にいることは死と隣り合わせていることだ。

私はただ家族を守らねばならないと思っていた。災害の恐怖は目に見えないものが大半である。天災にしてこうであれば、戦争とはどのような恐怖を人に与えるのだろうか。私は大人の男ゆえに、かなりの状況でも耐えられるが、年寄り、女、子供はどうだろうか。

妙なことから書きはじめた。

ひとつは、フランス、パリでのテロ事件である。事件の後、パリに電話を入れると、友人の女性は震える声で言った。

「信じられない。これは戦争だわ」

彼女は東北大震災の時、テレビで津波が建物を飲み込む映像と福島の原発の爆発の映像を見て、我が家に電話をしてくれた。

「伊集院、すぐに日本を離れなさい。こちらであなたと家族が生きられる家も、すべてのものも用意をしておきますから」

私はそれを断わった。自分が作家であり、年齢を考えると、ここで何が起きているのかを刻明に記しておくことの方が大切だと思ったからだ。

それほどあの時は切羽詰まった状況であった。つい昨日のことなのだが、日本人の大半はもう忘れている。それが人間というものなのだろう。

二〇一五年の大きな出来事は何かと考えると、国家としては、安保法制を国会が決議したことである。もうひとつは沖縄の基地問題である。司法へ問題が行った。この問題の肝心は、沖縄の人だけを犠牲にしていいかの一点であり、国家としての人道が問われている。

経済は、東芝の粉飾問題である。これは犯罪である。しかも原因が経営者の信じがたい虚栄であった点である。なぜ彼等がきちんと裁かれないのか。訳がわからない。

身近な出来事としては、選挙権が十八歳まで引き下げられたことだ。若い人たちが政治にどう向き合うかが、大きなニュースとなるだろう。夏の盛り、街頭で若者がデモをした。何十年振りの政治への動きであろうかと感心した。悪いニュースばかりではなかったのだ。

戦争というものがどういうものか。その具体性はテレビの戦争のフィルムだけで、理解できる人はいまい。二十年前、アウシュヴィッツを訪れた時でさえ、きちんと、これが戦争だと浮かばなかった。母親と妹を紛争で殺害された若者の怒りは見たが、それが自分に降りかかった時の具体性を、日本の教育の場は明確に伝えなくてはならないのだろう。

君が去った後で

庭のクレマチスが咲いた。

十年前に、家人のバラのために少し高い棚をこしらえてもらったので、高みの陽差しに近い場所に咲きはじめたクレマチスの面顔は見ることができない。

それでも花裏を見ると、いかにも嬉しそうに咲き出した花の感情のようなものが伝わって来る。

お兄ちゃんの犬が目を細めて、クレマチスの棚を仰ぎ見ている。その仕種に、まだ若かった頃の、彼の興味津津の目のかがやきが浮かんで来る。

北国の短い夏の木洩れ陽の中でスヤスヤと昼寝をしていた仔犬が、今はあらゆる季節の移り行く風景を、ただじっと見つめている。

そっとうしろから近寄り、そのちいさな身体を抱き上げ、頬ずりをして言いたい。

——おまえが居てくれたお蔭で、私たちはどんなに素晴らしい時間を持つことができたか……。


家人は、お兄ちゃんはこの夏はもう乗り切れないかもしれない、と言う。

それを彼女が明るく言うほど、彼女の胸の奥底にある不安と哀しみを感じる。

犬、猫（ワニでもいいが）ペットと暮らすというものはなかなか厳しいものである。

その第一は、彼等が人間と異なり、生きる生涯時間が速いということである。

お兄ちゃんは最初、この家に来るはずもなかった。なぜなら、我が家の縁の下に猫が仔猫を何匹か産み、その声と、たまたま外へ出た姿を家人が目にして、ミルクを与えはじめたことが、お兄ちゃんが来る原因だった。

家人は愛くるしい仔猫の表情を一目見て、ミルクをやるようになった。それが愉しみだった。ところが或る日、母猫と仔猫の皆が縁の下から消えた。

家人とお手伝いは縁の下まで潜った。

動物のすることだから、こちらにわかるはずがない。家人の落胆振りは目に余った。

誰が何の智恵を与えたか、家人はペットショップに猫を見に行った。

そこで一匹のダイヤモンドのような瞳をした仔犬に出逢う。家人いわく。

——あれは運命だったのよ。

私はその時仕事でヨーロッパにいた。

「あなた素晴らしい仔犬がいたの……」

国際電話で家人の話を聞きながら、内容よりも彼女の口調で昂揚していることが伝わった。私は言った。

「その犬を飼えば、君が何歳の頃に亡くなる年齢だぞ。それが耐えられるのか」

彼女ははっきりと応えた。

「わかっています。私は大丈夫です」

「ともかく帰国するまで待ちなさい」

しかし私が仙台の家に戻ると、我が家は上を下への大騒ぎである。フローリングの床にはすべて可愛い絵柄の新調したバスタオルが敷かれ、そこをキラキラとした瞳をかがやかせた犬が歩くと言うより転がり回っている。

人なつこくて、怖いもの知らずで、そして何より、家人を母のように慕っている。

——コリャ、ダメだ。

今さら犬屋に返せとは言えない。

「ふさわしい名前をつけて下さい」

「…………」

酒とギャンブル以外のことで命令口調で話されたのは初めてだった。

名前は〝亜以須〟。アイスとした。

真理のみに従う、菩薩を守る神の子（天使）である。と取りあえず説明した。

「アイス、アイス、愛すよね。誰からも愛される犬ってことよね」

——まあいいか。

我が家は一変した。元々、人間に従順な犬種らしく、家中のあらゆる場所に犬の休憩所ができた。実際、気立ての良い犬だった。

どこへ出かけるにしても、アイスが中心で、それはそれで楽しいこともいくつもあった。

並の犬じゃないわ、と家人がおっしゃる。

そのアイスが老犬になり、時折、呼吸が切ないほど辛そうになる。

もう半年前から、家人は目覚める度にアイスの鼻のそばに手を伸ばし、息をしているかをたしかめると言う。それでも彼女は明るく振る舞い、大声で言う。

「アイス、頑張るのよ」

私と、東北一のバカ犬のノボは、その一人と一匹のやりとりを見ながら顔を見合わせる。

あんなにちゃんとトイレができた子が粗相をすると、申し訳なさそうに物陰に隠れる。家人は言う。

「いいの。もういいのよ」

それでもアイスは物陰から出て来ない。

躾とは生涯のものなのだろう、物陰で私に助けを求める目が、表情が切ない。

「おいで、おまえは十分に生きたんだから」

我が家の特別なことを書いたように思われるが、日本全国のたくさんの家で起こっていることなのだろう。ガンバレ、アイス。

そういう人生だったのだ

あの日から五年になる。

今でも、時折、あの日の夜の星空を思い出すことがある。

二〇一一年三月十一日の夜半、午後の激震がおさまってからも、震度5、6と思える余震が何度も続いた。

そのたびに、私たち家族は庭に出た。家屋が崩壊するかもしれないと思えたからだ。

余震がおさまるまで闇に浮かぶ我が家を見ているしかなかった。

――崩れたら避難所まで歩くか。

私と家人に抱かれた、それぞれの犬が腕の中で震えている。震えながらもノボは吠える。

しかし何にむかって吠えているのか、犬も戸惑っていた。

先刻、情報を知る唯一の手がかりの手動式のラジオから、ヘリコプターから見た海岸の様子が伝えられて来た。

〝海岸には家屋がほぼ消えています。夥《おびただ》しい数の人の影と思われるものが横たわっています〟

何が起きているのか、把握することが難しかった。

大きな地震と、その直後から予期しなかった大きな津波が襲ったことはわかるが、電気が停まり、テレビも勿論映らないから、想像で判断するしかなかった。

ようやく余震がおさまった。

奇妙な音に気付き、空を見上げた。

息を飲んだ。

満天の星である。周囲がすべて闇であることもあっただろうが、美し過ぎるほどの星が地上をおおっているように思えた。

流れ星が横切った。ひとつ、またひとつ。

天上へむかうように映る星もあった。

——天にむかって行くのか……。

想像のつかない犠牲者の何かが天にむかっているのではと思った。

地上で起きている酷《むご》い災害に、これほど美しい自然の姿が、それも平然と頭上にあることがおそろしく思えた。

家人も空を見上げていた。

あの夜、流れ星を見たと言う人が多かったことは、あとでわかった。さらに詳しく言えば、仙台市天文台の記録でも、あの夜の流星は異常に多かったのである（毎年三月頃、仙台市天文台が、あの夜の星空を再現し上映をしている）。

天文台の関係者は斯《か》く言う。〝震災当日の極限状態でも多くの人が星空を見上げ、希望や悲しみを感じ取っていた。そうさせる力が星の光にはあると伝えたい〟

あの夜、どうやって希望を見いだせたのだろうか。

二月の下旬に、被災地を家族と見て回った。それが必要だと思ったからだ。

南三陸町では、鉄の骨組みだけが残る防災センターを見た。最後まで避難放送を続け、若い生命を落とした女性のことを思う。

ちいさな祭壇に手を合わせた。

北上川沿いの大川小学校には、校舎がそのままに残り、慰霊碑と天使の像があった。碑に刻まれた犠牲者の数の多さと、祖父母、両親、子供、孫の名前と没年齢に言葉がない。先生と生徒を思っていると、北上川のせせらぎを乗せた風音が耳に届く。祈るしかすべがない。

日和山公園から石巻の海岸を見た。

太平洋へ続く海が春の陽光にかがやき、まばゆいほどの青色がひろがっている。一ヵ月後に我が家で見たテレビの映像がよみがえり、ほとんどの家屋、工場が失せた海岸の土地に少しずつ新しい家屋、工場が建っているのがわかる。それでも少し右手の南浜町に目をやると、カサ上げをしている平らな土地が続くだけで、人も、家もない。ここに人の声が、笑いが聞こえるのは何年先なのだろうか。

夜、家に戻って、昼間見た光景を地図をひろげて思い出してみた。

南三陸町の仮設商店街で働く女性の顔。慰霊碑の前で手を合わせていた家族の姿。鉄骨だけの建物……。瓦礫は消えている。陸に揚がった船もない。台形の土地がいくつも並んでいた。あそこに人が本当に住んで、街は再び動き出すのか。

何人かの知人に悔みの言葉を言わねばならない。どうか笑って欲しいと思うが、胸の底に残る記憶はそんなに簡単に、五年くらいで整理がつくものではない。

庭に出た。星空が黙ってそこにひろがる。

弟の時も、前妻の時も、私は星空を何度も見上げて、生還させて欲しいと祈った。

今はやすらかかと尋ねる。死の数年は、弟、妻を不運と思っていた。今は違う。天命とたやすくは言わぬが、短い一生にも四季はあったと信じているし、笑ったり、喜んでいた表情だけを思い出す。敢えてそうして来た。それが二人の生への尊厳だと思うからだ。彼等も、そして私も、不運とは思わなくなった。

不運ではなく、そういう生だったのだ。

不運と思っては、哀し過ぎるではないか。

不運と思うな。そう自分に言い聞かせて、今日まで来ている。

【著者略歴】

●１９５０年山口県防府市生まれ。72年立教大学文学部卒業。

●81年短編小説『皐月』でデビュー。91年『乳房』で第12回吉川英治文学新人賞、92年『受け月』で第１０７回直木賞、94年『機関車先生』で第7回柴田錬三郎賞、２００２年『ごろごろ』で第36回吉川英治文学賞をそれぞれ受賞。

●作詞家として『ギンギラギンにさりげなく』『愚か者』『春の旅人』などを手がけている。

●主な著書に『白秋』『あづま橋』『海峡』『春雷』『岬へ』『美の旅人』『羊の目』『スコアブック』『お父やんとオジさん』『浅草のおんな』『いねむり先生』『なぎさホテル』『星月夜』『伊集院静の「贈る言葉」』『逆風に立つ』『旅だから出逢えた言葉』『ノボさん』『愚者よ、お前がいなくなって淋しくてたまらない』『無頼のススメ』。

初出　「週刊現代」２０１５年1月3・10日号～２０１６年6月11日号
単行本化にあたり抜粋、修正をしました。

N.D.C. 914.6　190p　18cm
ISBN978-4-06-220157-5

不運《ふうん》と思《おも》うな。　大人《おとな》の流儀《りゅうぎ》6

二〇一六年 七 月 四 日第一刷発行
二〇二三年一二月一二日第五刷発行

著　者　伊集院静《いじゅういんしずか》

発行者　髙橋明男
発行所　株式会社講談社
東京都文京区音羽二丁目一二—二一　郵便番号一一二—八〇〇一
電　話　編集　〇三—五三九五—三四三八
販売　〇三—五三九五—四四一五
業務　〇三—五三九五—三六一五
印刷所　TOPPAN株式会社
製本所　大口製本印刷株式会社
定価はカバーに表示してあります　Printed in Japan

KODANSHA